一切愁云消散

［英］薇塔·萨克维尔－韦斯特——著

王林园——译

ALL PASSION
SPENT

V. SACKVILLE-WEST.

浙江文艺出版社
Zhejiang Literature & Art Publishing House

果麦文化 出品

给两个年轻人

本尼迪克特和奈杰尔[1]

一个年老者的故事

For Benedict and Nigel

who are young

This story of people who are old

---

1 两人是薇塔的儿子，当时本尼迪克特 16 岁，奈杰尔 13 岁。（如无特殊说明，本书注释均为译者注）

他让侍者们从这出伟大的事件中

重新汲取真正经验，

让他们离开时胸怀慰藉平安，

心中宁静，一切愁云消散。

——《斗士参孙》[1]

His servants he with new acquist

Of true experience from this great event

With peace and consolation hath dismissed,

And calm of mind，all passion spent.

1　书名出自弥尔顿长诗《斗士参孙》（*Samson Agonistes*）结句，参考朱维
之译本，略有改动。

目录

薇塔·萨克维尔-韦斯特

（Vita Sackville-West，1892—1962）

第一部

Part One

斯莱恩伯爵一世亨利·莱尔夫·霍兰活了那么久，以至于公众开始认为他会长生不死了。公众普遍从长寿中找到了慰藉，尽管其间不可避免地要议论一番，最终还是乐于将高寿视为出类拔萃的标志。长寿之人起码克服了人类与生俱来的一个缺陷：生命苦短。从永恒的泯灭中偷走二十年，等于向命数宣告自己高出一筹。我们用来衡量人生价值的天平就是这样的微小。于是，在五月里一个和煦的早晨，城里人[1]在火车上打开报纸，读到斯莱恩勋爵在前一天晚饭后猝然离世，享年九十四岁时，不禁大吃一惊，着实感到难以置信。"心力衰竭。"他们故作睿智地感叹，实际上不过是在重复报纸上的话罢了。他们叹息一声，又加了一句："哎，又一个划时代的人物走了。"这样的感情占了上风：又一个划时代的人物走了，又一个世事无常的警示。各家报纸把亨利·霍兰的生平和成就加以收集记录，进行最后的大肆报道；这些

1　指伦敦金融城的人。

事迹被揉成了板球一样坚硬的一团,一把扔到公众面前,从"辉煌的大学生涯"开始,到霍兰先生年纪轻轻便跻身内阁,直到晚年受封斯莱恩伯爵,获得嘉德勋章、巴斯勋章、印度之星勋章、印度帝国勋章,等等——这些逐渐黯淡的荣誉被留在身后,仿佛彗星的尾迹——晚饭后,他在椅子上垂头睡去,九十多年的光阴倏然成为历史。时间仿佛向前跳了一小步,因为老斯莱恩伸开双臂阻拦时间的身影已不复存在。约莫十五年来,他在公共生活中已经不甚活跃,但他并未隐退,有时他在议会中口若悬河,无可辩驳的才智、理性和讽刺总令那些更为偏激的同僚坐立不安,尽管他实际上也阻止不了他们坠入愚蠢的深渊。这样的高谈阔论并不多见,因为亨利·霍兰向来是一个懂得节约的人,唯其难得,才会产生一种对人有益的惶恐之情,因为人们知道这些言论来自传奇般的经验:如果这位老人,这位八旬或九旬的老者能够振作精神,阔步来到威斯敏斯特宫,以他那无与伦比的风格,把仔细斟酌、心平气和又玩世不恭的观点一吐为快,那么媒体和公众就不得不洗耳恭听了。从来没有人当真攻击过斯莱恩勋爵。从来没有人指责斯莱恩勋爵是个守旧派。他的幽默、他的魅力、他的懒散还有他的理智,使他在各代人以及各党派中都显得神圣不可侵犯;在所有政治家和政客中,像他这样的人也许绝无仅有。也许是因为他似乎领略过生活的方方面面，但又似乎从未真正接触过平凡的生活；凭借他众所周知的超然，他也从未招致一般专家常常受到的憎恶和质疑。他是享乐主义者、人文主义者、运动健将、哲人、学者、万人迷、幽默家；他是英国难得的生来就拥有成熟思想的人。他素来不愿意处理任何实际的问题，很难从他嘴里得到一句"是"或者"否"，这让他的同僚和下属时而欣喜，时而恼火。越是重要的问题，他处理起来就越是轻率。一份备忘录陈述了两种截然相反的政策如何各有优点，他就在底下写一个"阅"字了事；他那些幕僚手扶着额头，无可奈何。他们说，他作为政治家是给毁了，因为他总是看到事情的正反两面；但即使他们气急败坏地这样说，也并非发自内心地批评他，因为他们知道，要是他实在被逼无奈，也总能给出一个切中要害、一击致命的回答，远胜那些正襟危坐、自视甚高的政府官员。一份报告，别人还没来得及通读，他扫过一眼，就能抓住要点和缺欠。他用那种无可挑剔的文雅态度，使对方的自信和短视都无所遁形。他总是彬彬有礼，风度翩翩，让那些对手毫无招架之力。

他独特的个性受到公众的喜爱，也同样受到漫画家的追捧；他的黑色缎面长裤，系在宽得夸张的丝带上晃来晃去的单片眼镜，礼服背心上的珊瑚纽扣，在汽车流行已久之后依旧乘坐的私人双轮马车——这一切支撑着他穿过了真假难辨的传说；当他终于以八十五岁高龄赢得德比赛马时，全场欢声如雷，前所未有。只有他的妻子怀疑这些个性是他刻意经营的。她性格中原本没有半点儿愤世嫉俗，但在和亨利·霍兰生活了七十年后，她学会了给自己披上一层愤世嫉俗的外衣。"亲爱的老人家啊！"火车上的城里人感慨，"哎，他走了。"

他真的走了，确然无疑、无可挽回地走了。他的遗孀低头望着他躺在榆园花园[1]的灵床上，心里这样想着。百叶窗没有拉下来，因为他早就立下规矩，他死后，房子里不准弄得黑蒙蒙的，而即使他不在了，也没有人胆敢违背他的命令。他就躺在明亮的阳光下，也省得石匠费心费力地帮他雕刻遗像了。他最宠爱的曾孙一向肆无忌惮，以前经常取笑他说，他死了会是一具英俊的尸体呢；如今一句戏言成了现实，现实也因为戏言成真而变得尤其刻骨铭心。他生着那样一张脸，即使在活着的时候，也让人莫名地想到死亡的无比庄严。瘦削的鼻梁、下颏和额角因为皮肉微微下垂而越发显

1　榆园花园（Elm Park Gardens），伦敦切尔西区的住宅区。

得棱角分明；嘴唇的线条更加坚毅，一辈子的智慧就封存在里面。还有，最重要的是，斯莱恩勋爵的遗容是那么潇洒[1]，一如生前。尽管他盖着白床单，你见了也会说："这儿，是个公子哥儿嘛。"

然而，死亡尽管庄严，也会揭露真相。曾经那么尊贵的面孔，在死亡时也失去了几分高贵；被幽默冲淡了刻薄意味的嘴唇如今露出了单薄的本来面目；仔细掩藏的野心如今在鼻翼傲慢的弧度中显露无遗。原本掩盖在风度之下，如今丢掉了微笑的保护，独独剩下那份冷酷。他依旧英俊，只是没那么讨人喜欢了。他的遗孀独自在房间里凝视着他，假如她的子女能够看透她的想法，一定会大吃一惊。

不过她的子女并没有守在旁边观察她。他们六个人聚在客厅里，加上两个儿媳和一个女婿，一共九个人。这次家庭聚会真够叫人发怵——一群黑黢黢的老乌鸦，伊迪丝心想。她是小女儿，总是慌慌张张的，总想把什么事都概括成一句话，就像把水倒进一只罐子里，只是许多意思和隐喻总要溅出来，洒得到处都是，然后就那么消失了。洒了之后，要想再找回来根本是徒然，就好比想用手来盛水。也许可以随身

---

1 原文为法语，此处以楷体突出显示，下同。

带着纸笔——可是在思索恰如其分的字眼时思绪就被打断了；再说，记笔记的时候很难不让人看到。速记？——可不能任由思绪这么信马由缰；得训练自己的头脑，一心一意地考虑当前的事情，就像别人那样，他们好像轻而易举就能做到；不过话又说回来，要是一个人到了六十岁还没学会，那这辈子应该都学不会了。这次家庭聚会叫人发怵，伊迪丝的思绪又回到了这个念头上：赫伯特、卡丽、查尔斯、威廉和凯；梅布尔、拉维妮娅；罗兰。大家可以分成几拨：霍兰家的子女、儿媳、女婿。然后又重新划分：赫伯特和梅布尔，卡丽和罗兰，查尔斯，威廉和拉维妮娅，凯是一个人。他们全都聚在一起、一个都不少的时候可不常有——真奇怪，伊迪丝心想，召集这场聚会的竟然是死亡，就好像活着的人要立即赶到一处，寻求保护和相互支持。天哪，我们都这么老了啊。赫伯特得六十八岁了，我六十岁；父亲活了九十多岁，母亲也八十八岁了。伊迪丝正把所有人的年龄加在一起，突然问了一句让大家大吃一惊的话："拉维妮娅，你多大岁数了？"大家听得莫名其妙，纷纷向她投去斥责的目光；不过伊迪丝一向如此，她从来不注意听大家在说什么，接着就突然冒出一句没头没脑的话来。伊迪丝想告诉他们，她一辈子只想说出心里的想法，可惜总是词不达意。有太多次，话一出口，意思却完全相反。她怕自己万一哪天不小心吐出一个不堪入耳的字眼。"父亲去世了，真叫人高兴。"她说不定会这么说，她其实想说的是"真叫人难过"；还有别的可能，还要更骇人，说不定她会冒出一个真正糟糕的字眼，像是肉铺伙计在地下室走道的石灰水墙面上用铅笔乱画的词，是吩咐厨子的时候要极其隐晦的那种字眼[1]。这是一件苦差事；是榆园花园的伊迪丝以及伦敦的一千个伊迪丝必须承担的差事。不过，她的家人对她这些烦心事一无所知。

此刻，他们心满意足地看到她红了脸，用两只手紧张地抚弄几缕灰白的头发；这个动作表明她刚才并没有开口。他们逼着她为此陷入将信将疑之后，又重新讨论起来，语气恰到好处地低沉而哀伤。就连一贯不依不饶的赫伯特和卡丽也压低了声音。他们的父亲在楼上长眠，母亲则守着父亲。

"母亲真了不起。"

他们这句话都重复多少遍了，伊迪丝心想。他们的语气里透着诧异，就好像他们以为母亲会大吵大闹、哭哭啼啼、不知所措。伊迪丝很清楚，几个哥哥姐姐私底下有个想法，觉得母亲头脑简单。母亲时不时会说出一些不合常理的话

---

1 指"大腿"等被视为不雅的词。

来；她不了解如今这个世道；她常常会冲口而出，虽然说的是英语，可是听起来就像外星语言一样，让人摸不着头脑。母亲是个调换儿[1]，他们常常这么说，态度斯文，用的是跟家里人开玩笑的那种又好笑又无奈的语气；而如今在这个危急时刻，他们找到了一句新的评语：母亲真了不起。这是他们该说的，所以他们说了，还重复了几次，就像是一段副歌，穿插在谈话之间，把谈话推向一个高潮。之后谈话又回归平庸，变得实际起来。母亲真了不起，可是该拿母亲怎么办呢？显然，她不能一直这么了不起下去，直到生命尽头。她总要撑不住的，不管是在什么地方、因为什么事；那之后，就要把她安置好，找个地方，有人照顾。屋外的大街小巷也许挂满了新闻告示：斯莱恩勋爵与世长辞。记者们也许要在弗利特街上跑来跑去地收集素材；他们也许要扑向信件格子——那排可怖的骨灰龛位里存放着讣闻；他们也许要相互打探消息："我说，听说斯莱恩老爷子身上只带铜板？他穿橡胶底鞋？面包要蘸咖啡？是真的吗？"只要能凑出一段好故事，什么内容都行。报童也许要把红色的自行车往路边一

---

1 调换儿（Changeling），欧洲民间传说中，妖精会用丑陋愚笨、貌似人类的婴孩偷换掉人类的孩子。

靠，按响门铃，送来褐色的唁电，这些慰问来自世界各地，来自大英帝国的所有属地，尤其是斯莱恩勋爵任职过的地方。花店也许要送花圈来——窄窄的门厅里已经摆满了——"真是迫不及待。"赫伯特嘴里这样说，可还是透过单片眼镜嫉妒地查看着附上的卡片。老朋友也许要来拜访——"赫伯特——真的太突然了——当然，我无意打扰令堂。"不过他们显然就是抱着这样的意思，他们想做那个唯一的例外，而赫伯特必须得拒绝他们，他还相当乐在其中："家母自然非常难过，你明白；她很了不起，我得这么说；不过目前呢，我知道你会理解的，她除了我们不见客。"于是，经过赫伯特的反复催促，他们被拦在门厅或是台阶上，只能告辞。记者们也许要在门外的人行道上徘徊，晃来晃去的照相机好像黑色的六角手风琴。凡此种种也许都是屋外的情形，但在屋子里，在楼上，母亲正守着父亲，而她日后如何安顿的问题沉甸甸地压在几个子女的肩头。

当然，不管他们做出什么样的安排，她都不会质疑决定是否明智。母亲没有主见，她漫长的一生中始终温文尔雅，唯唯诺诺——是一件附属品。大家觉得要说做决断，她的头脑是不够的。"谢天谢地。"赫伯特有时候说，"母亲不是那种聪明女人。"他们从来没有设想过，母亲会有自己的主意，只是没有对人说起过。他们料定了母亲不会添麻烦，并且他们绝对预料不到，她会转过头来和他们开个玩笑——几个玩笑——这么多年里，她只是个轻盈可爱的人儿罢了。她不是个聪明女人。她会感激子女们为自己安排好屈指可数的余生。

他们聚在客厅里站着，不自在地把重量一会儿换到左脚一会儿换到右脚，但他们可绝没有想过要坐下来。他们会把坐下来当作失礼。尽管他们具有理性可靠的头脑，但面对死亡，即便是预料之中的死亡，也还是略有一点不安的。他们周围弥漫着一种忐忑不宁、患得患失的气氛，像是有人要踏上征途，抑或生活遭遇了严重的变故。伊迪丝很想坐下来，可她又不敢。他们一个个都是那么高大，她暗想；身材高大、一身黑衣的老人家，孙子辈都有了。幸好，她心想，我们都习惯了常常穿黑色，不然我们这会儿根本来不及订丧服，要是卡丽穿了一件粉红色的衬衫来，那得多糟糕啊。现在呢，他们全都是一身黑，像一群乌鸦，卡丽的黑手套放在书桌上，连同她的羽毛围巾和提包。霍兰家的女人仍旧戴羽毛围巾，穿高领上衣，配长裙——是过马路的时候需要把裙裾拢起来的那种裙子；在她们看来，对时兴打扮有一丝妥协都和年龄不相称。伊迪丝一向钦佩姐姐卡丽。她对卡丽没有爱，只有怕，但她还是无比地钦佩和羡慕卡丽。卡丽继承了父亲的鹰钩鼻和威严气派。她身材高挑，肤色白皙，一身贵气。赫伯特、查尔斯和威廉也都生得身材高大、一身贵气；只有凯和伊迪丝矮墩墩的。伊迪丝又在走神了：我们说不定不是亲生的，我和凯，她心想。凯是个矮矮胖胖的老头儿，一双湛蓝的眼睛，一把精心打理的白胡子；这一点上他也和几个哥哥不同，他们都不留胡子。长相真是个怪东西，也真是不公平。长相能左右别人对你的评价，一辈子都是这样。如果一个人看样子无足轻重，那么就会被当成无足轻重的人；不过话又说回来，要是一个人看着一副无足轻重的样子，那么十有八九是因为他确实是个可有可无的人物。不过凯好像过得很快乐；他并不在意自己是不是无足轻重，他其实什么也不在意；相比受人尊敬或是结婚生子，一套单身居所加上他收藏的罗盘、星盘，好像就让他心满意足了。毕竟在地球仪、罗盘、星盘等类似的仪器用具方面，他是当今世上数一数二的权威；凯真幸运，伊迪丝暗想，他可以一心一意地专注于这么一个小小的领域。（不过选中这些象征也很奇怪。毕竟，他从小到大既不热爱大海，也没爬过一座山；对他而言，这些都是收藏品，要分门别类、贴好标签，而对伊迪丝这样天性浪漫的人而言，远处有一个幽暗而广阔的世界，而不单单是小巧的黄铜和桃花心木、精致复杂的枢轴和万向节、圆盘和圆环、宛如几尼金币的黄铜和栗色的木头、黄道十二宫的标志和跃出海面的海豚；这个幽暗而广阔的世界，在地图上找不着踪迹，那里到处是危险和未知，还有衣衫褴褛的男人靠嚼子弹来解渴。）"之后还有收入的问题。"只听威廉说。

把母亲日后的安排和收入的问题混为一谈，真不愧是威廉；对威廉和拉维妮娅而言，吝啬就是一项职业。一只还没熟的苹果掉在地上碰伤了，那就要马上做成水果点心，不然就是浪费。浪费让威廉和拉维妮娅一辈子都睡不安稳。报纸必须卷成纸捻，好节省火柴。夫妻俩热衷于不费之惠。树篱间的每一颗黑莓都叫拉维妮娅心疼，直到把果子做成果酱，她才能放下心来。他们住在戈德尔明[1]，有两英亩[2]地，每天晚上都痛苦而满足地算计着家里的残羹剩饭够不够喂一头猪，一打母鸡下的蛋能不能抵消饲料还有富余。哎，伊迪丝心想，他们永远有这样的事要操心，一定过得有滋有味；可是如果他们想到结婚后是如何挥金如土，总要痛苦的吧。

---

1 戈德尔明（Godalming），位于萨里郡，距离伦敦约 50 公里。
2 1 英亩约为 4046.9 平方米。

我来算算，伊迪丝心想，威廉是老四，那他得六十四岁了；他结婚有三十年了，那么假如他们每年的花销是一千五百镑——算上子女的教育费用等——那就是四万五千镑；那可是成袋成袋的金银珠宝，那些人一直在托伯莫里[1]海底寻找的就是这样的宝藏吧。这时赫伯特开口了。赫伯特一向消息灵通；叫人吃惊的是，他虽然愚蠢，说的话往往是真的。

"这件事我能告诉你们。"他把两根手指伸进衣领，正了正领子，下巴一扬，清了清嗓子，先发制人地对几个兄弟姐妹怒目而视，"这件事我能告诉你们。我和父亲聊过——父亲呢，不妨这么说，对我吐露了心声。咳！你们也知道，父亲并不富裕，而且他去世后大部分的收入也就没了。母亲每年的净收入只有五百镑。"

他们琢磨着这个事实。威廉和拉维妮娅交换了一个眼神，看得出两个人正在心里飞快而熟练地盘算着。虽然大家私底下都把伊迪丝当成半傻子，不过有时候她倒是出奇地聪敏——她可以从别人的话里看透他们真正的目的，还习惯直言不讳地说出自己的判断，弄得大家不自在，因为她不会藏

---

1 托伯莫里（Tobermory），英国西北部海港，据传 1588 年满载黄金的西班牙帆船"圣胡安"号在此沉没。

而不露。此时她已经猜到了威廉要说什么，不过这一次她破天荒地忍住了。但是，听到他说出来之后，她忍不住偷偷笑了。

"估计父亲吐露心声的时候没有提到珠宝的事吧，是不是，赫伯特？"

"他提到了。你们也知道，在他的财产里，那些珠宝并不是最不值钱的。珠宝是他的私人财产，他认为应该无条件地全都留给母亲。"

这等于是给了赫伯特和梅布尔一巴掌，伊迪丝心想。估计他们夫妻俩本以为父亲会把珠宝当成传家宝一样，留给长子吧。不过，她瞥了一眼梅布尔的表情就明白过来，这个消息并不意外。显然，赫伯特已经把父亲的心声透露给了妻子——梅布尔也算走运了，伊迪丝心想，赫伯特毕竟没有因为当不成继承人而迁怒于妻子。

"既然如此，"威廉斩钉截铁地说——虽然他和拉维妮娅希望能分到一部分珠宝，但一想到赫伯特和梅布尔也没能如愿，他就得意起来，"既然如此，母亲肯定希望把珠宝卖掉。这么做也对。她何必要让那么多用不上的珠宝躺在银行里呢？依我看，要是处理得当，这些珠宝应该能卖到五千到七千镑。"

"不过有一个问题比珠宝和收入还重要。"赫伯特接着说，"那就是母亲往后住在哪儿。不能让她一个人住。何况她也负担不起这所房子。房子得卖掉。那她去哪儿住？"又是一圈扫视。"显然，我们有责任照顾她。她必须和我们一起住。"听起来这番话像是预先准备好的。

这些垂垂老矣的人啊，伊迪丝心想，在打发一个更老的人！不过，这看来在所难免。母亲要把一年的时间分成几份：和赫伯特、梅布尔住三个月，和卡丽、罗兰住三个月，和查尔斯住三个月，和威廉、拉维妮娅住三个月——那她自己和凯负责什么？她的思绪又一次浮出水面，她冷不防又冒出一句不恰当的话："但肯定我应该不辞辛苦——我一直住在家里——我没有结婚。"

"辛苦？"卡丽把火力对准了她。伊迪丝顿时没了气势："辛苦？亲爱的伊迪丝！谁说是辛苦来着？我敢说，我们都以此为快乐——以此为荣幸——要尽我们的责任照顾好母亲，让她度过郁郁寡欢的余生——她自然是郁郁寡欢的，毕竟她失去了唯一的生活目标。'辛苦'，我觉得这个词倒说不上，伊迪丝。"

伊迪丝乖乖承认了：是说不上。这么说出来，还重复了几次，从惯用的熟语里单拿出来，这个词就多了一层怪异而粗俗的意味，就像"干干"少了"净净"，"趾高"没了"气扬"，"颠三"缺了"倒四"。它仿佛变成了一个粗鲁的撒克逊词语，像"woad"（菘蓝），或者"wite-nagemot"（贤人会议）；辛苦，心酸；一个心酸的字眼。而且不辞辛苦是什么意思？什么才叫辛苦？是啊，"辛苦"这个词不恰当。"哦，"伊迪丝说，"我就是觉得母亲应该和我一起生活。"

她看到凯的脸上露出了如释重负的表情；很明显，他心里想的是自己舒适的小家和他那些收藏品。赫伯特的话就好比号角，威胁着他的耶利哥城墙[1]。其余几个人也在考虑伊迪丝和她提出的办法。未嫁的女儿，她是顺理成章的答案。但霍兰一家可不是逃避责任的人，而且越是令人生畏的责任，他们就越是不会逃避。他们很少考虑快不快乐，不过责任却始终如影随形，永远郑重，偶尔残酷。他们继承了父亲的精力充沛，但中途有些变了味儿。卡丽替兄弟姐妹们发话了。卡丽是正派的；可惜和许多正派之人一样，她总会让每个人都不得安宁。

"伊迪丝的话确实有些道理。她一直住在家里，所以对她来说变化没那么大。我知道，当然了，她常常渴望独立生活，

1　出自《旧约·约书亚记》第六章，耶利哥城墙在号角声中倒塌。

能有一个自己的家；亲爱的伊迪丝，"她微微一笑，表示话题扯远了，"但我认为，她做得对。"她接着说了下去："只要还能帮到父亲和母亲，她是不肯离开他们的。不过眼下呢，我觉得，我们都应该承担起自己的责任。我们不能因为伊迪丝的无私，因为母亲的无私，就乐得占便宜。我相信我也说出了你的心里话，赫伯特，还有你，威廉。如果母亲不用搬去新地方，而是轮流和我们一起住，这对她大有好处。"

"不错。"赫伯特表示赞同，并再次正了正衣领，"不错，不错。"

威廉和拉维妮娅再次交换了一个眼神。

"当然了，"威廉表态了，"尽管我们收入有限，不过我和拉维妮娅不管什么时候都欢迎母亲过来同住。同时呢，我认为财务上也应该安排一下。这样母亲也称心得多。这样一来她就不用觉得不好意思了。一星期两镑吧，比如说，或者三十五先令[1]……"

"我完全同意威廉的意见。"查尔斯出人意料地开口了，"我就说我自己吧，上将的养老金少得可笑，家里多住一个人，我不免捉襟见肘。你们也知道，我住的是小公寓，生活

---

1 1 英镑为 20 先令。

非常俭朴。我那里没有多余的卧室。当然了，我认为养老金的问题有朝一日有望得到解决。我已经写了一份长长的报告给陆军部，同时还致信《泰晤士报》，报社无疑按下了这封信，要等到合适的机会发表，因为他们目前还没有付印，不过说句心里话，我看指望这届糟糕的政府改革，希望着实渺茫啊。"查尔斯说着从鼻子里哼了一声。他自认为这番讲话相当不错，于是环顾四周，期待得到家人的赞同。查尔斯·霍兰上将可不是浪得虚名。

"这未免尴尬……"新任斯莱恩夫人说了一句。

"别吵，梅布尔。"赫伯特抢白说。他对妻子几乎只有这一句话，而梅布尔通常都只能说上四五个词就被打断了。"这完全是家务事，拜托了。无论如何，我们没办法讨论具体的细节，总要等到——咳，父亲的葬礼结束之后。我不太明白怎么会谈起这个令人不快的话题。（这要怪威廉，伊迪丝心想。）在此期间，母亲呢，当然是我们首先要考虑的。我们要竭尽所能，免得她伤心……毕竟，我们必须记住，她的生活已经支离破碎。你们知道，她的生活里只有父亲。要是我们现在对她不管不顾，让她孤零零的一个人，我们会受人指摘，而且是罪有应得。"

啊，是了，伊迪丝心想：别人会怎么说呢？原来他们既想获得外人的称赞，也想从可怜的母亲手里弄到一点儿钱。吵来吵去，吵来吵去，她心想——她以前就尝过一些讨论家事的滋味；他们能为母亲的事吵上几个星期，就像一群狗争抢一根老骨头，一根老得不得了的骨头。只有凯会尽量置身事外。威廉和拉维妮娅是最不像话的；他们想让母亲做支付费用的房客，然后在得到朋友夸奖的时候装作一副不值一提的样子。卡丽则会摆出一副殉道者的姿态。人死后就会发生这种事，她心想。她随即发现，在这股思绪之下，还有另一股思绪在涌动，那就是她挂念着今后是不是能独立生活了；她看到了属于她自己的小公寓，温馨的起居室，有一个仆人做伴，还有大门钥匙，晚上一边烤着火一边看书。再也不用替父亲回信了，再也不用陪母亲去医院病房剪彩了，再也不用核对家里的账本，再也不用陪父亲去公园[1]散步了。还有，她终于可以养一只金丝雀了。她怎么能不盼望由赫伯特、卡丽、查尔斯和威廉轮流照顾母亲呢？尽管她为他们明目张胆的盘算感到震惊，但内心里也要承认，自己并不比哥哥姐姐高尚多少。

---

1 指海德公园。

伊迪丝害怕留在这所古怪的房子里，独自面对活着的母亲和死去的父亲。她不敢承认这份恐惧，但她想尽办法让哥哥姐姐晚点儿离开。就连卡丽和赫伯特，她一贯不喜欢的，还有查尔斯和威廉，她一贯看不起的，也成了心仪的守护和陪伴。她借故让他们留下，惧怕前门最终在他们身后关上的那一刻。即使是凯也聊胜于无。可是凯竟然抢先一步溜走了。她慌慌张张地追着他跑上了楼梯平台；凯转过身，要看看是谁跟在后面；他转过身，出现在她眼前的是那把精心打理的白胡子，还有因安逸而隆起的小肚子，肚子前挂着怀表链。"凯，你要走了？"凯恼火起来，因为他依稀觉得伊迪丝的语气里带着责备，其实呢，他应该察觉到那不过是恳求。他恼火起来，因为他打算去赴约，并且忍不住为这个决定感到愧疚；他是不是应该留在榆园花园吃晚饭呢？紧接着，他想着不该给下人们添麻烦，以此来安慰自己的良心。因为这个缘故，看到伊迪丝追上来的时候，他转过身，尽量做出一副耐着性子没发火的模样："凯，你要走了？"

　　凯是要走了。他得去吃点儿东西。要是伊迪丝喜欢，他可以晚点儿再来。他又这么补充了一句，他虽然任性，却是个胆小鬼，急于不惜一切代价避免不愉快。好在伊迪丝也是个胆小鬼，她马上收回了追上来责备抑或恳求他的本意。

"啊，不用了，凯，当然不用，你回来干什么？我会照顾好母亲的。你明天早上过来吧？"

是的，凯说，他暗暗松了一口气；他明天早上过来。一早就来。他们就此吻别。他们已经很多年没有亲吻过了，但这是死亡带来的一个奇怪影响：年迈的兄弟姐妹们在对方的脸颊上轻轻一点。因为疏于练习，鼻子碍事了。吻别之后，两人都抬头看了看黑洞洞的楼梯井，看向父亲长眠的那层楼，凯突然一阵尴尬，匆忙奔下了楼梯。他出门来到街面上，感到如释重负。五月的傍晚，一切如常的伦敦，国王街上来来往往的出租车，菲茨乔治在俱乐部等他。他可不能让菲茨等着。他不坐公共汽车了。他要搭出租车。

菲茨乔治是他相交最久的朋友，其实也是他唯一的朋友。他们年龄相差二十多岁，但交往三十年之后，这种差距也就模糊了。两个老先生有许多共同爱好。他们都是狂热的收藏家，唯一的区别就是身家不同。菲茨乔治十分有钱，是个百万富翁。凯·霍兰手头拮据——霍兰一家都不算富裕，尽管他们的父亲出任过印度总督。菲茨乔治不管看中什么都能买得起，只是他性情古怪，过得像个穷光蛋；他住在伯纳德街一幢房子顶层的两居室，他感兴趣的艺术品必须是他自己淘来的，而且得能砍价。他天生就有超乎寻常的直觉，善于淘古董和砍价——他能在托特纳姆宫路大型家具店的地下室里淘到被埋没的多纳泰罗[1]——因此，他花费不多（他自己扬扬自得，凯·霍兰又嫉又羡却无可奈何），就积累了各式各样的藏品，不论大英博物馆还是南肯辛顿博物馆[2]都垂涎不已。谁也猜不透他以后要怎么处理这些藏品。他既可能全都赠给凯·霍兰，也可能在罗素广场把一切付之一炬。显然他没有继承人，正如不知道他的祖先是谁一样。与此同时，他紧紧守着他的珍宝；只有几个人有幸到访过他的两居室，据他们说，明代人物陶俑被套在一双袜子里，达·芬奇的画作堆放在浴缸里，埃兰古陶器[3]搁在椅子上。当然，拜访者只能一直站着，因为屋子里没有空椅子；玉盅要先收起来，之后菲茨乔治先生才会勉为其难地请客人喝上一杯最便宜的茶，而且是他亲自打开煤气炉烧水。只有婉拒了喝茶的客人才会再次得到邀请。

差不多人人都认识他。一看到那顶方帽、那件过时的双排扣长礼服走进佳士得拍卖行，他们就会说："是老菲茨

---

1 多纳泰罗（Donatello，1386—1466），意大利文艺复兴时期的雕塑家、画家。
2 即维多利亚和阿尔伯特博物馆。
3 埃兰是西亚古国，位于伊朗，约公元前 3000 年形成国家，埃兰古陶以彩绘土陶、陶像为代表。

了。"无论冬夏，他的装束从来都没有变化：永远是方帽配双排扣长礼服，胳膊底下通常还夹着一个包裹。包裹里装的是什么从来无人知晓，兴许是一件德累斯顿瓷杯，兴许是菲茨乔治先生晚餐要吃的腌鱼。伦敦人对他抱有好感，因为他是个当之无愧的怪人，但没有一个人胆敢当着他的面直呼其名，连凯·霍兰也不例外，尽管他们看到他走过的时候也许要油嘴滑舌地说一句："是老菲茨了。"据说他一生中最快乐的事就是克兰里卡德勋爵去世；那天，老菲茨走在圣詹姆斯街上，胸前别着一朵襟花，坐在俱乐部窗前的诸位绅士对个中缘由都一清二楚。

虽然菲茨乔治先生和凯·霍兰已经做了三十多年的朋友，不过他们并没有什么私交。他们坐在一起吃饭——这在布铎斯[1]和茅草屋俱乐部[2]是再熟悉不过的场景了，两人各付各的饭钱，喝大麦水——讨论价格和藏品目录，就像一对恋人讨论感情那样不厌其烦，但除此之外，他们对彼此一无所知。当然了，菲茨乔治先生知道凯是老斯莱恩的儿子，但凯对于菲茨乔治先生的身世了解得并不比旁人多。很可能菲茨

---

1 布铎斯俱乐部（Boodle's），成立于1762年，以领班爱德华·布铎斯（Edward Boodle）命名。
2 茅草屋俱乐部（The Thatched House），成立于1704年至1705年。

乔治先生本人也一无所知；大家是这么猜测的，理由是他名字的前缀有这个暗示[1]。当然，凯从来没有问过他；他连拐弯抹角地表示对这件事感到好奇都没有。两个人关系融洽，因为他们彼此保持着距离。出于这个原因，菲茨乔治先生在等凯的时候有些烦躁，他不自在地意识到自己应该对霍兰家的丧事说点儿什么，但又不愿破坏他们之间的默契。他对凯感到恼火，父亲去世了，是他的问题，没有取消两人的约会，也是他的问题；然而，菲茨乔治先生也很清楚，自己绝不会原谅取消约会这种罪过。他满心恼火地张望着凯的身影，手指敲打着布铎斯的窗户。他一定得说点儿什么，他琢磨；最好是一开始就说，早说早完事。凯不会要迟到了吧？他还从没迟到过，三十年来无一例外；没迟到过，也没失约过。菲茨乔治先生从口袋里掏出一块巨大无比的老式银壳怀表（价格五先令），看了看时间。八点十七分。他又对了对圣詹姆士宫上的大钟。凯迟到了，迟了整整两分钟。——不过他到底来了，刚好从出租车上下来。

"晚上好。"凯边走进来边打招呼。

"晚上好。"菲茨乔治先生说，"你迟到了。"

---

1 菲茨（Fitz），本意为某人之子。

"老天，我的确是迟到了。"凯说，"咱们直接吃饭吧，好吗？"

吃晚餐的时候，他们谈起了一对塞夫尔瓷碗，菲茨乔治先生非说是他在富勒姆路淘来的。凯也见过这对瓷碗，不过依他看是赝品，两个老先生为这一意见分歧吵了起来，并且完全乐在其中。不过这天晚上，菲茨乔治先生兴致不高；他想说的话还没说出口，而多拖延一刻，他就越不好意思，也越不可能开口。他对凯也越发恼怒。这顿饭吃得不愉快，这还是头一次，菲茨乔治先生在失望之下开始反思，所有的友谊都是错误的；他愤愤地后悔自己不该一念之差结交凯；他和其他人总是保持一定的距离，这一套办法最值得称道；破例是一个错误，是大错特错。他对着桌子对面的凯皱起了眉头，凯一边喝大麦水，一边小心翼翼地擦干净那把精心打理的小胡子，浑然不觉自己引起了对方的怨恨。

"上咖啡？"菲茨乔治先生问。

"我觉得可以——好的，上咖啡。"

可怜的老伙计，他看起来很疲惫，菲茨乔治先生突然冒出这样一个念头；他不像平时那么板正，有点儿垂头丧气；他在强打精神跟自己说话。

"来杯白兰地吧？"他问。

凯抬起头，满脸诧异。他们从来没有喝过白兰地。

"不了，谢谢。"

"要喝。服务员，给霍兰先生来一杯白兰地。记在我账上。"

"我其实……"凯支吾着说。

"胡说八道。服务员，要最好的白兰地——1840年的。说到底，霍兰，我最早见到你的时候，你还躺在摇篮里呢。那时候1840年的白兰地才三十年左右。所以别大惊小怪的。"

凯没有大惊小怪，只是老菲茨突然透露自己见过他躺在摇篮里，让他感到很惊讶。他的思绪在时间和空间里疯狂地寻找。时间：1874年；地点：印度。那么1874年老菲茨一定到过印度。"你从来没跟我说过你那时候在加尔各答。"凯一边啜饮着白兰地，一边小心护着那把凡·戴克小胡子[1]。"我没说过吗？"老菲茨漫不经心地反问了一句，仿佛这件事无足轻重。"嗯，我去过。我那几个监护人不赞成我读大学，所以让我去环游世界。（意想不到的启示！这么

---

1 凡·戴克胡须，指八字须加山羊胡。凡·戴克（Anthony van Dyck，1599—1641），弗拉芒派的代表人物，英国国王查理一世时期的宫廷画家。

说老菲茨在青少年时期是听监护人安排的？）你父母对我非常友好。"菲茨乔治先生接着说，"你父亲身为总督，自然没有多少闲暇时间，不过我记得你母亲，是再优雅不过、再迷人不过的。那时候她还很年轻；年轻，又非常美好。我记得我当时觉得她是我在印度见过的最美好的人了。——不过你对那对瓷碗的看法依旧是错的，霍兰。你对瓷器根本一窍不通——过去不懂，以后也不会懂。你没有这么高雅的品位。你就应该专注于你那堆破烂，比如你的星盘仪。那才是适合你的领域。居然以瓷器专家自居，哼！而且还跟我作对，我忘掉的瓷器知识都比你知道的多。"

凯早就习惯了这样的辱骂；他喜欢被老菲茨欺负，他从中能得到一丝淡淡的愉悦。他听着老菲茨絮絮说他配不上鉴赏家的称号，还不如去集邮算了。他知道，菲茨没有一句话是真心的，他只不过喜欢叨他几下，好比一只求偶的老鸽子一样啄来啄去。凯则侧过头，躲开一下下的攻击，同时轻笑两声，始终摆出一副略带傲气的模样，看着桌布，摆弄着刀叉。他们的关系奇迹般恢复如常，菲茨乔治先生的心情因此大为好转，不一会儿他说，管他的，他也要来一杯白兰地。他全然忘了自己原本打算提出那句难以启齿的问候，抑或是以为自己忘了，不过也许这件事始终萦绕在脑海里。随后他们一起走出俱乐部，站在台阶上准备分手，凯戴上了他那副麂皮手套——菲茨乔治先生一辈子都没拥有过一副手套，而凯·霍兰走到哪儿都戴着这副乳黄色的手套——他惊讶地听到自己粗声粗气地说："你父亲的事我很为你难过，霍兰。"

好了，说出来了，圣詹姆斯街并没有裂开一道口子把他吞没。说出来了，其实很容易，真的。可到底是什么促使他进而又提了这个极其不可思议也毫无必要的请求？——"不如哪天你带我去拜访一下斯莱恩夫人吧。"唉，他是着了什么魔才说出了这种话？凯看起来吓了一跳，这也难怪了。"哦，好——好，当然了——要是你愿意来。"他匆忙应了一句，"那，晚安——晚安了。"他匆匆地离开了，老菲茨站在那儿凝视着他的背影，不知道会不会因此再也见不到凯·霍兰了。

房子变得异样了——伊迪丝继续想着心事——屋里屋外的情形竟是如此不同。

外面闹哄哄亮堂堂的，人人注目，到处张贴着新闻，记者们仍然在围栏旁徘徊，人们讨论着威斯敏斯特教堂葬礼，议会两院都发表了演讲。里面却寂静而私密，像在密谋什么；仆人们轻声细语，上下楼梯的时候悄无声息，每次斯莱恩夫人一走进房间，大家全都不再说话，并立刻站起来，总有一个人走过去轻柔地扶她坐下。他们对待她的态度就像她发生了意外，或者暂时失去了理智。然而，伊迪丝肯定，母亲并不想被搀扶着坐下，不想获得如此毕恭毕敬、默默无言的亲吻，也不想别人问她是不是当真不需要回自己房间里用餐。唯一把她当作正常人对待的就只有热努，她那个法国老仆，她差不多和斯莱恩夫人一样老了，从斯莱恩夫人结婚之后就一直跟着她。[1] 热努像往常一样在房子里咚咚地走动，习惯性地自言自语，用不可思议地混着英语词的法语喃喃地念叨要做什么活儿；她依旧不管不顾地冲进客厅找她的女主人，也不管有什么人在场，她的话让聚在一起的一家人都大惊失色："打扰了，夫人，还有必要把老爷的衬衣送去清洗吗？"[2] 大家全都看向了斯莱恩夫人，就好像等着她像一只打碎的花瓶一样瞬间分崩离析，但她就像平常一样轻柔地回答说，是的，老爷的衬衣自然要送去清洗；接着，她转头对赫伯特说："赫伯特，我不知道你想让我怎么处理你父亲的东西；全都送给管家有些可惜了，况且他穿也不合身。"

1　现实生活中薇塔的女仆名叫露易丝·热努。
2　热努说话时习惯在法语中夹杂一些英文词，译文中以字体加以区分，下同。

只有母亲和热努不肯适应这个房子的异样，伊迪丝心想。她看得出，赫伯特、卡丽、查尔斯和威廉的眼睛里都写着不赞同；不过自然不会有人宣之于口。他们只能含蓄地坚持己见：母亲的生活已经支离破碎，母亲表现得很了不起，遭逢大难的母亲必须被保护起来不受打扰，而必要的事务，和外界必要的联系，就由她那几个能干的儿子和一个能干的女儿来代劳了。伊迪丝，可怜的东西，派不上多大用场。人人都知道，伊迪丝说话总是不合时宜，应该做的事情通通要留个尾巴，理由是自己"太忙了"；凯也派不上多大用场，不过话又说回来，他基本也算不上是家里的一员。赫伯特、卡丽、威廉和查尔斯挡在母亲和外界之间。偶尔，他们也确实有意让一些特殊的传言穿过这道屏障：国王[1]及王后致以亲切的慰问——赫伯特总不能对这个消息守口如瓶吧。斯莱恩勋爵的故乡哈德斯菲尔德希望获准在那里举行追悼会。国王派格洛斯特公爵[2]代表自己出席葬礼。皇家刺绣学校的女士们匆忙赶制出一副棺罩；首相和反对党党魁将各执一角。法国政府将派代表参加葬礼；有消息说布拉班特公爵[3]可能

1 当时在位的国王为乔治五世。
2 格洛斯特公爵，英国王室头衔，通常授予君主之子。
3 即比利时王储。

代表比利时出席。赫伯特把这些消息一点一滴、小心翼翼地透露给母亲，他在试探着观察母亲的反应。她完全无动于衷。"他们有心了，真的。"她说。还有一次是这么说的："亲爱的，你高兴就好。"赫伯特对这句话既欢喜又不满。对父亲的敬意，从某种程度上说，就是对他的敬意，因为他是一家之长；然而理所当然地，母亲位于画面中央；理所当然地，死亡和葬礼之间的这三四天里她是主角。赫伯特为自己的识大体感到自豪。这之后，他有充分的时间来确立继任斯莱恩勋爵的地位。一代人必须跟随另一代人的脚步前进——这是自然法则；然而，只要父亲的遗体还留在房子里，那么母亲就有权做主。她的无动于衷是不必要、不得体的，是过早地放弃了自己的位子。她应该在丈夫死后的三四天里振作精神，以表对丈夫的怀念。夺走她的权利不成体统，这是赫伯特的行为准则。但是说不准，伊迪丝心中的捣蛋鬼在嘀咕，是父亲一生中彻底耗尽了母亲的精力，所以她现在才懒得缅怀丈夫呢？

这房子诚然异样，这是一种特殊的异样感，以前从没有侵扰过这里，以后也绝不会再次来犯。父亲不可能再死一次了。他的死亡带来了这种特殊的情境——这种情境，他肯定从来没有预见过；这是在实际发生之前谁都不会预见到的那种情境。谁都预见不到，总是那么说一不二、那么至高无上的父亲，仅仅因为死亡，就能把母亲变成最引人注目的人物。她的引人注目也许只能持续三四天，但在这个短暂的期限内，这种地位必须绝对无可置疑。每个人都必须顺从。她，只有她，才能决定威斯敏斯特教堂的大门是否应该打开；一个国家必须等待她的决定，座堂主任牧师及全体教士都必须服从她的意愿。每一件事都要非常温和、非常谨慎地询问她的意见，并且确认无误。说来奇怪，一个这么甘当陪衬的人竟然会突然变得这么举足轻重。这就像在做游戏；伊迪丝想起从前父亲心情好的时候，会在下午茶之后走进客厅，这时候所有的孩子都围在母亲身边，她也许正在给儿女们念故事书，接着她就把书一合，说现在他们都要在整个房子里玩儿"跟着领头做"的游戏，不过必须是母亲领头。于是他们就玩儿起了游戏，欢闹地穿过寂静的办公区，走过舞厅的镶木地板（房间里的枝形吊灯套着蜡烛罩），一路上表演着各种滑稽可笑的动作——因为母亲的想象力无穷无尽——父亲会跟在最后面当尾巴，可他总是扮演小丑，模仿起来总是出错，孩子们看了开心得大喊大叫，假装要纠正他，母亲则会转过身（凯紧紧地抓着她的裙角），假装严肃地说："真的假的，亨利！"傍晚的欢笑声响彻了多少使馆和总督府。但有一次，伊迪丝记得，母亲（那时她还年轻）在档案室里碰掉了几份文件，孩子们开心地围过去搞破坏。父亲突然脸色一沉，他用大人的方式表达了不悦；他的快乐和母亲的快乐一起化为乌有，就像一朵玫瑰骤然凋落；他们回了客厅，挨了骂似的沉默着，就仿佛朱庇特从奥林匹斯山降临人间，发现有一个凡人在他假装离开时擅自插手了他最看重的事务。

而现在，母亲可以随心所欲地玩儿"跟着领头做"；在这三四天里，母亲可以领着欧洲和大英帝国的要人，依着自己的喜好，跳着舞去格德斯绿地或是哈德斯菲尔德，而不是按照期望，勉强接受威斯敏斯特教堂或是布朗普顿公墓；但令人失望的是——伊迪丝心中的捣蛋鬼这么想——母亲完全拒绝扮演领头的角色。赫伯特的建议她都一口答应。这就好像七岁的赫伯特在玩儿"跟着领头做"，却央求她说："我们去厨房里疯跑吧。"如今，八十八岁的母亲对六十八岁的赫伯特采取了默许的态度，这让伊迪丝感到震惊，因为她觉得这样于理不合。赫伯特同样感到震惊——但他得到了父亲的真传，女性的依赖让他感到惊喜。就只有这三四天——因为他在玩一个游戏，遵循一种惯例——他才会需要母亲有主见。与此同时，出于男性的反叛心理，如果一个决定和他自己的想法相悖，他一定会耿耿于怀。

于是，赫伯特变得越发心平气和，因为他看到自己的想法获得采纳，同时他又可以说服自己，这些原本就是母亲的想法，而不是他提出来的。他从母亲的房间走到楼下，再次告知弟妹们——伊迪丝觉得，这种情形似乎没停过——他们仍旧聚在客厅里。母亲想要威斯敏斯特教堂，那么就必须是威斯敏斯特教堂。毕竟，母亲无疑是对的。英国最杰出的子孙都葬在了威斯敏斯特教堂。他自己呢更喜欢哈德斯菲尔德的教区教堂，他这么说，不过伊迪丝精明地判断出这个说法并不属实，他还自认他的话代表了大家的心声；总之必须尊重母亲的愿望。他们必须顺从于举国瞩目的威斯敏斯特教堂葬礼。毕竟，这是一种荣誉——一项莫大的荣誉——是父亲一生最崇高的荣誉。卡丽、威廉和查尔斯听到这个庄严的说辞，纷纷颔首。伊迪丝则不同，她心想，父亲要是看到自己葬在威斯敏斯特教堂，好笑之余会感到心满意足，但又会露出一副不以为意的样子。

皇家刺绣学校的女工们制作的棺罩无疑是雍容华贵的。紫色天鹅绒上绣着家族纹章。首相尽责地执起一角，神情肃穆而得体，看到他的人都会毫不犹豫地说："那位是英格兰首相，起码是内阁大臣。"反对党领袖与首相步调一致；一个小时里，他们埋葬了分歧，事实上，这也是游戏规则，因为在共同责任的驱使下，他们吸取了差不多相同的教训，只不过他们各自的追随者不允许他们用同样的语言宣讲这些教训。两位年轻的王子被匆忙而恭敬地请到座位上，他们或许在纳闷，为什么命运要将他们和别的年轻人隔开来，惩罚他们去新开通的干道剪彩，或者出席政治家的葬礼以表敬意。不过他们多半只把这一切都看作日常的一部分吧。

而与此同时，伊迪丝不禁要问，现实又在哪里？

葬礼结束后，榆园花园的一切都发生了微妙的变化。对斯莱恩夫人的体贴照旧，只是一种不耐烦的情绪在悄然滋长，这种说一不二的情绪从赫伯特和卡丽身上蔓延开来。赫伯特无疑已经成了一家之主，而卡丽就是他的帮手。他们准备对母亲采取坚定而关心的态度。他们仍旧允许她被扶到椅子前坐下，坐下来之后仍旧可以和蔼地拍拍她的肩膀，但必须让她明白，世俗的事务在等待着，为死亡停下脚步只是暂时的，不能永远继续下去。和斯莱恩勋爵桌子上的文件一样，斯莱恩夫人也必须归置起来；之后赫伯特和卡丽才能回去处理正事。这种意思已经表达得再清楚不过了。

斯莱恩夫人非常安静，非常端庄，非常苍老，非常虚弱，她坐在那里看着一群子女。孩子们对她习以为常，觉得这种模样是理所当然的，但是陌生人总会惊叹说，她肯定不到七十岁。她是一个美丽的老妇人，高挑、纤细、白皙，她始终举止优雅，始终仪态大方。衣服穿在她身上就不再是衣服，而是帔子；她懂得轮廓的秘密。她从头到脚都有一种流畅的美。她长了一双深邃的灰眼睛，鼻子小而挺，一双宁静的手仿佛出自凡·戴克笔下，满头白发上罩着黑色的蕾丝面纱，可谓相得益彰。多年来，她穿的一直是柔软舒适的长裙，而且是没有装饰的纯黑色。看到她，你会相信，要做一个美丽优雅的女人根本轻而易举，就像所有的天才作品告诉我们的那样，不费吹灰之力就能做到。更难以相信的是斯莱恩夫人竟能在生活中排满各种各样的活动。责任、慈善、子女、社会义务、公开露面——这些事把她的生活填满了；每次一提到她的名字，总有这样一句爽快又滑头的评价："对她丈夫的事业可是了不起的帮手！"哦，是啊，伊迪丝心想，母亲很美好；母亲，正像赫伯特所说的，很了不起。这时赫伯特清了清嗓子。这回要说什么？

"亲爱的母亲……"一个既幼稚又传统的称呼；赫伯特把手指伸进了领口。然而，母亲曾经陪着他坐在地上，教他转陀螺。

"亲爱的母亲。我们之前在讨论……我们，我的意思是，自然对你日后的生活感到担心。我们知道你为父亲倾注了一切，我们也意识到，他的离去让你的生活变得一片空白。我们不知道——就是为着这件事，我们才请你到客厅里来，之后我们就要各自回家了——我们不知道，你打算在哪里生活，怎么生活？"

"不过你们已经帮我决定好了，是吗，赫伯特？"斯莱恩夫人的语气再悦耳不过了。

赫伯特把手指伸进了领口，眼睛瞄来瞄去，手指拨来拨去，最后伊迪丝简直担心他会把自己勒死。

"这个嘛！帮你决定，亲爱的母亲！说不上是'决定'。诚然，我们拟定了一个小小的方案，准备交给你定夺。我们考虑了你的喜好，也意识到你不愿意告别诸多的兴趣和事业。同时呢……"

"赫伯特，等一下。"斯莱恩夫人打断了他，"你说的兴趣和事业是什么意思？"

"还用说，亲爱的母亲？"卡丽用责备的口吻说，"赫伯特指的是你任职的那些委员会，比如巴特西区贫困妇女俱乐部、弃婴收养所、困境姐妹组织……"

"哦，是了。"斯莱恩夫人说，"我的兴趣和事业。的确。

继续说吧，赫伯特。"

"所有这些，"卡丽接着说，"没有你都无以为继。我们明白这一点。很多组织都是你一手创办的，你是很多人的主心骨，而今你自然不想抛下他们。"

"还有，亲爱的斯莱恩夫人。"说话的是拉维妮娅，她始终没能完全放下礼数，用别的名字称呼婆婆，"我们知道，要是无事可做，你会觉得非常无聊的。你这么喜欢忙事情，这么精力充沛！哦，我们想象不出你除了伦敦还会住在哪儿。"

斯莱恩夫人依然一语不发。她依次看向他们，一个那么温和的人，居然也会露出讽刺的表情。

"同时呢，"赫伯特说了下去，他重新接上了原来的话头，被打断的时候，他尽管不高兴，还是耐着性子忍着，"和身份相匹配的那种房子，你的收入几乎不足以支付开销。因此，我们建议……"他简单地说出了计划，我们已经听过他们的讨论，因此可以省去麻烦，不必再听一遍了。

斯莱恩夫人却在听着。她一生中绝大多数时候都在听着，并且不作什么评论，如今她听着长子说话，完全不置可否。赫伯特对她的沉默也没有感到忐忑不安。他知道，在母亲的一生中，她习惯了让人安排她的来去和停留，不论是听从安排登上开往开普敦、孟买或是悉尼的汽船，还是把她的衣柜和婴儿房搬到唐宁街，抑或陪丈夫去温莎赴宴。在所有这些场合中，她一贯遵从了指示，恪尽职守且毫无意外。她一身合适得体的打扮，随时准备站在码头或是月台上，等着有人接她来到一堆行李旁边。赫伯特如今没有理由怀疑母亲另有打算，她会听从安排，把时间分配在几个儿女的客房里。

等赫伯特说完了，她说："你想得真周到，赫伯特。辛苦你明天把房子交给中介吧。"

"好极了！"赫伯特说，"你同意我就太高兴了。不过你也不必着急，房子无疑要等一阵子才能卖掉呢。我和梅布尔随时恭候你。"他弯下腰，轻轻拍了拍母亲的手。

"啊，可是等一下。"斯莱恩夫人把手举了起来，这是她的第一个动作，"你说得太快了，赫伯特。我不同意。"

大家都愕然看着她。

"你不同意，母亲？"

"是的。"斯莱恩夫人微笑着说，"我不打算和你一起住，赫伯特；不打算和你一起住，卡丽；不打算和你一起住，威廉；也不打算和你一起住，查尔斯。多谢你们的好意了，我要一个人生活。"

"一个人，母亲？这不可能——再说了，你要住在哪儿？"

"汉普斯特德[1]。"斯莱恩夫人回答，她默默地点了点头，似乎在回应内心的想法。

"汉普斯特德？——可你能找到合适的房子吗？既方便又不贵？——说真的。"卡丽说，"我们都开始讨论起母亲的房子了，好像一切都定下来了。这太荒唐了。我不知道我们这是怎么了。"

"是有一所房子。"斯莱恩夫人说着，再次点了点头，"我看过的。"

"可是，母亲，你没去过汉普斯特德啊。"真是难以忍受。至少在过去这十五年里，卡丽对母亲每天的行踪都了如指掌，一想到母亲背着她去了汉普斯特德，她就大为不满。这种独立的迹象是一种侮辱，简直是一份宣言。斯莱恩夫人和她的大女儿一直关系亲密，时时联系；她们会安排好一天的计划；热努早上会送一张便条过去；不然她们就电话联系，事无巨细地聊上半天；要么卡丽早餐后会来到榆园花园，她身材高挑，为人实际，衣裙窄窄，自视甚高，戴着手

---

1 伦敦北部的郊区。

套、帽子还有羽毛围巾，手提包里塞着购物单，还有委员会下午的议程文件，为这一天准备就绪；两个年迈的妇人会一起讨论当天的事，斯莱恩夫人边说边织毛衣，接着她们会在十一点半左右一起出门，左邻右舍的老妇人都熟悉这两个一身黑衣的高挑身影；如果遇到例外情况，她们要办的事不在同一个方向，卡丽起码也要来榆园花园喝杯茶，好确切地知道母亲这一天都做了什么。斯莱恩夫人肯定不可能瞒着她去过汉普斯特德。

"三十年前，"斯莱恩夫人说，"我是在那时候看到房子的。"她从针线筐里拿出一卷毛线，朝凯递了过去："请帮我撑一下，凯。"她先仔细地找出线头，接着就开始缠线团了。她一派云淡风轻："我肯定房子还在那儿。"她仔细地绕着线，凯站在她面前，因为长期习惯使然，双手有节奏地一上一下，好把毛线顺利地放出去，不会被手指钩住。"我肯定房子还在那儿。"她说，她语气恍惚又充满信心，仿佛她和那座房子之间暗中达成了默契，房子在等着她，耐心地等了三十年。"是一座近便的小房子。"她平淡地补充说，"不大不小，我觉得热努一个人就能打理好，或者再雇一个干粗活的日工——房子里还有一个漂亮的花园，南墙边种着桃子。我看到的时候房子正在出租，不过当然了，你们的父亲是不会答应的。我记得中介的名字。"

"那好，"卡丽气冲冲地问，"中介叫什么名字？"

"是个怪名字。"斯莱恩夫人说，"可能就是因为怪我才记住了吧。巴克陀特。杰维斯·巴克陀特[1]。这名字听着和房子很配。"

"啊。"梅布尔说着双手一合，"我觉得听起来太诱人了——桃子，还有巴克陀特……"

"别吵，梅布尔。"赫伯特打断了她，"当然了，亲爱的母亲，要是你执意做这个——啊——离经叛道的打算，那就没什么好说的了。毕竟，你完全可以自己做主。但是世人看在眼里不是有点儿奇怪吗？你有这么多孝顺的子女，却选择独自一个人在汉普斯特德养老。当然了，我绝没有逼迫你的意思。"

"我不会这么想，赫伯特。"斯莱恩夫人说。她绕完了毛线，说了声："谢谢你，凯。"然后在一根长织针上绕了一圈线，开始织新东西了。"有很多老妇人在汉普斯特德养老。再说，我考虑世人的目光太久了，我觉得是时候给自己放个

---

1 "Bucktrout"，字面意思为"公鳟鱼"。"trout"有不讨人喜欢的老人之意，薇塔将朋友兼肯特郡的邻居埃迪·克雷格（Edy Craig，1869—1947）及其同伴戏称为"The Trouts"。

小假了。要是到了老年还不能随心所欲，那什么时候才能随心所欲呢？剩下的时间太少了！"

"好吧，"卡丽说着，尽量挽回局面，"我们起码可以保证你不会觉得寂寞。我们有这么多人，完全足够安排每天至少有一个人去看你。当然了，汉普斯特德离这儿太远了，有时候安排汽车也不容易。"她补充了一句，还意味深长地看了一眼她那个身材矮小的丈夫，吓得他缩了缩身子。"不过，重孙辈的孩子总可以过去。"她说着眼睛一亮，"你会愿意他们进进出出，和你聊天的；我知道，看不到他们你不会开心的。"

"恰恰相反。"斯莱恩夫人说，"在这件事上，我也已经打定了主意。看吧，卡丽，我要彻底放纵自我。我要沉浸于晚年生活。孙子孙女都不见。他们太年轻了，没有一个满四十五岁。重孙也都不见，他们就更糟了。我不想见那些兴兴头头的年轻人，他们总有事做也总不满足，还一定要弄清楚做一件事是为什么。我也不希望他们带着孩子来看我，因为这只会让我想到这些可怜的孩子还要付出多少艰辛，才能顺利地走到生命尽头。我宁愿忘掉这些事。我只想见到活过了大半辈子的人。"

赫伯特、卡丽、查尔斯和威廉认为母亲一定是疯了。他们又变本加厉，从向来认为她头脑简单，进一步认定她是老糊涂了。不过，她的疯病倒是没有害处，甚至还方便了他们。威廉兴许有些遗憾地惦念着失去的津贴，卡丽和赫伯特兴许还对世人的眼光有些顾虑，但总的来说，看到母亲安排好了自己的事，他们不禁都松了一口气。凯好奇地打量着母亲。他一直把母亲看成是理所当然的；他们都把母亲看成是理所当然的——她的温柔、她的无私、她不掺杂个人感情的活动——而现在，凯有生以来第一次发觉，即便是你认识很久的人，也有可能叫你大吃一惊。只有伊迪丝一个人在心里欢呼雀跃。她觉得母亲不是疯了，而是清醒极了。她高兴地看到卡丽和赫伯特溃不成军，母亲悄然摆脱了他们的圈套。她轻轻地一拍手，小声嘀咕："继续，母亲！再接再厉！"幸好她还保留着一分谨慎，这才没有大声说出来。她陶醉于母亲新发掘的口才——在这个惊喜不断的上午，这算是最大的惊喜了，因为斯莱恩夫人习惯了少言寡语，保留意见，甚至还要掩饰脸上的表情，只是低头织毛衣或者绣东西，偶尔应一句"嗯，亲爱的？"也几乎透露不出她真实的想法。伊迪丝此刻恍然大悟，这些年来，在无微不至的呵护之外，母亲可能一直过着充实而独立的生活。她观察到了多少？注意、批评、保留的又有多少？她再次开口了，同时在她的针线包里翻找着。

"赫伯特，我把珠宝从银行取出来了。最好都交给你和梅布尔吧。好多年前我就想给梅布尔了，可是你父亲反对。不过，这里是一部分。"她一边说话，一边把针线包倒转过来，把里面的东西抖落在怀里，皮针盒、纸巾、几颗宝石、几团毛线，都杂乱地混在一起。她用一双纤细的手翻检起来。"伊迪丝，按铃叫热努吧。"她抬起头说，"我从来不在乎珠宝，你们知道的。"她像是自言自语，而不是对子女们说话。"这么多珠宝都给了我，好像太可惜了——太浪费了。你们父亲过去总说，在某些场合，我必须打扮一下。在印度的时候，他经常去托沙卡纳[1]拍卖会，把很多东西买回来。按照他的说法，那些王子看到我戴着他们送出去的礼物会很高兴，尽管他们一清二楚，那些珠宝是我们买回来的。我敢说他猜得没错。可我总觉得这样很可笑，就像一场闹剧。我原来有一块很大的黄玉，一块青铜色的黄玉，没有镶嵌，切成了几十个刻面；不知道你们几个孩子还记不记得？我曾经

---

1 托沙卡纳（Tash-i-Khane，一般写为 Toshakhana），来自波斯语，意为宝库。英属印度时期，英国官员收到殖民地统治者的礼物后需要上交到"托沙卡纳"并进行估价，低于一定价值的收礼人可保留，价值超出标准的可支付差价买回，其余的进行拍卖。

让你们隔着这块玉看火光玩儿，能看到成百上千簇小小的火苗，有的朝上，有的朝下。下午茶之后，我们常常坐在壁炉前拿着这块玉看炉火，好像尼禄在欣赏罗马大火[1]。只不过火焰是棕色的，不是绿色的。你们应该不记得了吧，那都是六十年前的事了。我把那块黄玉给弄丢了，这不用说；最珍视的东西总是会弄丢的。其他那些东西我一样都没丢；也许是因为热努在保管着吧——而且她总能找到最意想不到的地方把东西藏起来——她信不过保险箱，所以她总把我那些钻石丢进冷水罐里——她说，哪个强盗都想不到去那里找珠宝的。我常想，要是热努突然死了，我都不知道该去哪儿找那些珠宝——而这颗黄玉我曾一直放在口袋里。"[2]斯莱恩夫人梦境般的回忆在此戛然而止，因为热努进来了，她走起路来像蛇在枯树叶间游走一样窸窸窣窣，又像马鞍一样咯吱作响，因为在过完五月之前，热努绝不肯摘掉垫在紧身胸衣和衫裤内衣里用来抵御英国气候的牛皮纸。"夫人叫我？"

1　公元 64 年罗马发生大火，据古罗马历史学家记载，皇帝尼禄一边唱歌一边欣赏火灾。

2　薇塔在波斯旅行期间曾在信中写道："但我今天看了看我的戒指——一块古老的波斯黄玉，淡粉色的——我看到上面映着一棵梧桐树、一片蓝天，还有白雪皑皑的山峰，我觉得这很有价值，所以我敢说还有一些东西要写。"（1927 年 2 月 19 日）

是啊，伊迪丝心想，除了母亲，这里没有人会找热努；按铃的只有母亲；有事吩咐的只有母亲，尽管我们都聚在这里：赫伯特直着脖子偷瞄了一眼，卡丽愤愤不平地直了直身子，查尔斯捻着胡子，那动作就像在削铅笔——不过谁会在乎查尔斯呢？连陆军部都不在乎，查尔斯自己也清楚。他们都知道没人在乎他们，所以说起话来才那么大声。母亲从来不言不语——直到今天；但看热努进来时的架势，好像房间里、房子里有资格发号施令的人只有母亲一个。热努知道谁值得尊重。热努根本不理会那些喋喋不休的声音。"夫人叫我？"

"热努，珠宝在你那里吧？"

"这是当然，夫人，珠宝在我这里。我称它们为宝藏。夫人想让我去把宝藏拿来？"

"麻烦了，热努。"斯莱恩夫人态度坚定，不过热努还是扫视了一圈家人，就好像赫伯特、卡丽、查尔斯、威廉、拉维妮娅，甚至受到冷落且无关痛痒的梅布尔，正是她每天晚上把钻石丢进冷水罐里防范的盗贼。从前，印度的阳台和南非的门廊都曾在热努的想象中响起窃贼鬼鬼祟祟的脚步声，他们一心要抢走总督的珠宝——"讨厌的黑鬼"——而如今，这些受到严加看管的财产正受到更迫切的威胁，因为这是正当的、来自英国的威胁。夫人是那么温柔、那么恍惚、那么超然，绝不能放心让她照看自己或者财产。热努天生就是要看家护院的。"夫人起码还记得吧，那几只戒指是苦命的老爷特别留给夫人的？"

斯莱恩夫人低头看着自己的双手。她的手，就像俗话说的那样，满满当当的都是戒指。这个说法的意思是，如果任何一个说法都确实有意义——每一个说法，每一句陈词滥调，曾经都隐含着和某种人类经历密切相关的意思——这些珠宝让这双手不堪重负。她的双手确实满满当当的都是戒指。给她戴戒指的是斯莱恩勋爵——这些装饰品是爱意的象征，这是不假，但同样也是符合斯莱恩勋爵妻子身份的装饰品。镶了半圈钻石的大戒指在她的手指上很容易转来转去。（斯莱恩勋爵过去常说妻子的双手柔似无骨；这句话有一定的道理，因为这双手握在手里就像化了一般；但从另一个角度看，这话又没有道理，因为在外人看来，她的手秀美、独特，宛如雕塑；不过斯莱恩勋爵总会抓住更女性化的一面，而忽略不易察觉且不合时宜的那层意思。）斯莱恩夫人于是低头看着自己的双手，就好像听到热努提起才第一次注意到似的。因为手这个部位会让人突然觉得极其陌生，就像突然变得很遥远；你观察着手上奇妙的关节连接，还有对随时传来的信息的神奇反应，就好像那双手属于另一个人，抑或另一部机器；就连椭圆形的指甲、皮肤上的毛孔、指骨和指关节处的皱纹、光滑和凹凸不平，也会引起猜想和兴趣；手一向是你的仆人，可你却没有研究过手的性格；手的性格，看手相的人信誓旦旦，和我们自己的性格息息相关。你也会看到，根据情况不同，手上或是满满当当的都是戒指，或是因为辛劳而粗糙苍老。斯莱恩夫人就这么低头看着自己的双手。这双手陪伴了她一生，从孩童的小胖手长成了老妇人象牙般光滑的手。她转着镶了半圈钻石的戒指，还有镶了半圈红宝石的戒指，漫不经心地回想着。她戴了太久了，戒指已经成了身体的一部分。"没关系，热努。"她说，"别担心，我知道戒指是留给我的。"

不过其余那些珠宝和戒指不同，并不为她个人所有，而且她确实也不想留着。热努把珠宝一件接一件地拿出来，交给了赫伯特，还边拿边数，好像农民卖一捧鸡蛋一样。赫伯特接过珠宝后都交给了梅布尔，仿佛砌砖工人给工友递砖头。他懂得价值，但不懂美。斯莱恩夫人坐在一旁看着。她懂得美，但不懂价值。这些东西的造价、市价，对她来说毫无意义。珠宝的美对她来说意义重大，尽管她并没有据为己有的兴趣；珠宝的来历意义重大，因为那代表了她一生的整个背景，并且是最奇妙的一面。那对玉如意，那是中国西藏高僧的使者赠送的！赠送仪式她记得一清二楚，黄衣使者盘坐在地，从猛犸象腿那么长的骨头里吹出嘶鸣的乐声。她还记得自己当时忍不住感到好笑，在会客厅里，她顺从地坐在总督身边，暗暗想着，这和英国人看到波兰人名中一串不熟悉的辅音时那种狭隘的乐趣不相上下。要不是因为不熟悉感，她怎么会对藏人胫骨号发出的哀鸣忍俊不禁呢？库贝利克的演奏[1]兴许也会惹得西藏高僧发笑吧。还有印度王子送的礼物，如今回到榆园花园，热努都交给了继承人赫伯特。那些印度王子清楚，他们的礼物都会交到托沙卡纳，再根据总督的财力和眼力赎回去。粗糙的珍珠、未切割的祖母绿，这些瑕疵严重的珠宝如今从热努愤恨的双手中交到了赫伯特不失热切的双手中。红色天鹅绒的盒子打开来，露出了手镯和项链；"保存完好。"热努说着，啪的一声关上了首饰盒。到最后，小桌子上差不多摆满了首饰盒。"亲爱的梅布尔，"斯莱恩夫人说，"我最好借一只手提箱给你吧。"

掠夺。威廉和拉维妮娅眼睛直放光。斯莱恩夫人没有察

---

1 扬·库贝利克（Jan Kubelik，1880—1940），捷克小提琴家。

觉两人觊觎的目光，以及他们对分配不公的不满。拉维妮娅连一枚胸针都没捞到！斯莱恩夫人压根儿就没想过应该把这些东西分给几个子女，这一点显而易见。拉维妮娅和卡丽一边旁观，一边生闷气。这样的单纯简直就是愚蠢。不过赫伯特心里清楚得很，并且——我们不为人知的感情真是太美妙了——幸灾乐祸。他乐于见到她们的窘状，还火上浇油，居然亲昵地对梅布尔说："戴上珍珠项链试试，亲爱的；我敢说一定很配你。"珍珠并不配她，梅布尔那张小脸肤色暗沉，她曾经也是个美人，如今却变得黯淡无光，因为天生白皙之人都要受到这样的惩罚，她的皮肤看起来比头发还暗，头发也没有光泽，显得灰扑扑的。那串熠熠生辉于斯莱恩夫人的蕾丝和柔美之间的珍珠，如今无精打采地挂在梅布尔皮包骨的脖子上。"很漂亮，亲爱的梅布尔。"拉维妮娅透过长柄眼镜打量她，"不过真奇怪，是吧？这些东方礼物的质量总是这么差。细看之下，那些珍珠真的很黄，真的——更像是用旧的钢琴琴键子制作的。以前你母亲戴的时候，我从没注意到。"

"关于房子，母亲。"卡丽开口了，"明天过去你看合适吗？我记得我下午有空。"她边说边从包里拿出来一本小记事本翻看起来。

"谢谢你，卡丽。"斯莱恩夫人说，她给子女们准备的种种意外中，这一下一举夺魁，"不过我已经约好了明天去看房子。你想得很周到，不过我想我还是一个人去吧。"

对斯莱恩夫人来说，独自前往汉普斯特德算是一次冒险，在查令十字车站顺利地换乘地铁后，她觉得更快乐了。从前能让她止步的只有大英帝国的疆界，而自从榆园花园时代以来，她的生活范围就缩小了。或许她是那种常年生活在异国他乡却留不下什么印象的人——他们到头来还是一成不变；又或许是她真的老了。活到八十八岁，是有资格这么说的。对年龄的这种意识、这种感悟让人充满好奇又饶有兴致。她的思维一如既往地机敏，或许比从前更加机敏，大限将至之感让她尤其敏锐，珍惜时间的迫切感让她目标明确；只是身体有些不稳，不太确定自己是不是靠得住，甚至有些拿不准方向，害怕被台阶绊倒，害怕打翻茶杯；紧张、颤抖；察觉到身体承受不住推搡，承受不住催促，因为这会暴露自己的年老力衰。年轻人好像并不是总能注意到这一点，或者体谅这一点；而他们注意到的时候，又习惯露出一种略有些烦躁的表情，并刻意放慢动作，等着迟疑的脚步跟上。出于这个原因，斯莱恩夫人一向都不太喜欢和卡丽一起走去街角搭乘公共汽车。然而，独自一个人前往汉普斯特德的路上，她不觉得自己老了；她感到这些年来从没有过的年轻，证据就是她热切地接受了人生的这一段新旅程，尽管这是最后一段了。她看上去也并不显老，她的身子随着地铁车厢的摇晃而微微晃动，她坐得笔直，手里抓着雨伞和手提包，车票被小心翼翼地塞在手套里。她没有想过，如果其他乘客知道她两天前在威斯敏斯特教堂安葬了丈夫，他们会作何感想。她更想好好感受脱离了卡丽的那种不可思议的感觉。

（莱斯特广场站）

为什么亨利的死让她突然获得了解放，她想不明白。这又是她一生中隐约注意到的一个现象：有些事件会引发看似与之无关的结果。她曾经问过亨利，在政治领域是不是也能注意到同样的现象，尽管亨利殷勤备至地做了回应（他一向如此，并且对每个人都是这样），但他显然没有明白她的意思。可是亨利很少听不出别人话里的意思。恰恰相反，他会让他们把话说完，其间一直用他那种敏锐而幽默的目光注视着他们，然后抓住他们的中心意思，不管他们是多么笨嘴拙舌；他把要点接在手里，杂耍艺人扔金球似的抛来抛去，用他无与伦比的智慧加以摆弄，直到那个贫瘠可怜的想法化为水花，化为喷泉，金光闪闪、意义深刻——这正是亨利不同凡响、令人着迷的地方，他也因此被称为世上最有魅力的男子：哪怕是最微不足道的请求，他都会把自己的聪明才智倾囊相授，无论是对议事桌前的内阁大臣，还是宴席邻座那个不知所措的年轻女子。他的态度中从来没有不屑、敷衍或是轻蔑。无论什么话题，无论多么微不足道的话题他都能侃侃而谈，而且越是和工作、兴趣无关就越是相谈甚欢。他可以和初入社交界的名媛讨论舞会礼服，和副官讨论马球比赛的马匹，和名媛或是副官讨论贝多芬。就这样，他让许多人都误以为他们真的引起了他的兴趣。

（托特纳姆宫路站）

但是，当妻子问起某件事会不会引起不相干的结果时，他却无意作答，而是摆弄起她手上的戒指。她现在就能看到那几枚戒指，隔着黑手套露出了形状。她叹了口气。她过去常常试探性地按下一个开关，但亨利的思想没有被点亮。她最终还是接受了这个事实，她安慰自己说，她八成是亨利在世界上唯一一个不需要费心应付的人吧。这也许是一句干巴巴的赞美，不过是真诚的。现在她后悔了：她有很多事情想和亨利讨论；都是些无关个人好恶的事，不会带来一点儿麻烦。在将近七十年的时间里，她曾经拥有过这样独一无二的机会，这样一种召之即来的特权，现在它一去不返，压在了威斯敏斯特教堂的石板之下。

（古奇街站）

要是知道她摆脱了卡丽获得自由，他一定觉得津津有味。他从来都不喜欢卡丽；她怀疑亨利不喜欢任何一个孩子。他从不批评谁——这是他为人处世的一个特点——但是斯莱恩夫人非常了解他（虽然从某种意义上说，她根本就不了解他），分得出他对一个人是赞赏还是厌恶。他的表扬总是适可而止；但反过来，如果他不予置评，那就意味深长了。她记不起他对卡丽说过一句称赞的话，除非"我这个女儿，真是能干得要命"可以算作赞许。他每次看赫伯特的眼神都不言自明；查尔斯的诸多抱怨也从没能得到父亲的同情。（尤斯顿站）对于这个做了上将的儿子，斯莱恩勋爵的态度无异于在说："我是不是应该打起精神，对这个卖弄文采、爱发牢骚的家伙讲讲我对政府部门的确切看法，毕竟我比他知道的多得多——还是不说也罢？"据斯莱恩夫人所知，他从来没有说过。他宁愿默默忍着。至于威廉，他明显避之唯恐不及，尽管斯莱恩夫人有意偏袒自己的儿子，总是把避而不见归结为他对拉维妮娅的厌恶。"亲爱的，"亨利有一次被催得没有办法，这才说，"我发现自己很难迁就像账本一样斤斤计较的那类心智。"斯莱恩夫人只好叹了口气，应了一句：是的，不得不承认，拉维妮娅给可怜的威廉造成了一定的坏影响。斯莱恩勋爵听了却说："坏影响？他们俩是物以类聚。"以他的标准，这句反驳就算是刻薄了。

（卡姆登镇站）

对伊迪丝，他出于自私地有几分喜爱。伊迪丝一直住在家里，帮他做这做那，陪着他出去散步，还帮他处理一部分回信。诚然，她经常把信弄得一团糟，有的没签名就寄了出去，有的签了名却忘了写地址，这些信会经由"死信处"退回"榆园花园，斯莱恩"，这样的麻烦总是惹得斯莱恩勋爵好笑，而不是恼火。斯莱恩勋爵从来没有理由说他的女儿伊迪丝真是能干得要命。斯莱恩夫人有时候想，他喜欢伊迪丝，更多是因为他可以有机会逗弄她，而不是依赖她出于好心的帮忙。

（乔克农场站）

凯。不过，斯莱恩夫人还没来得及思考斯莱恩勋爵如何看待凯这个离奇现象，还没来得及在回忆的长河中钓起另一条鱼，就想起了她给自己定的一条规矩：在完全闲暇的日子到来之前，不要随心所欲地回想往事；在充分自由地纵情享受之前，不要放纵自己。她的盛宴绝不能被零碎的向往糟蹋掉。地铁本身也向她伸出了援手，颠簸着驶过几个站点后，地铁又一次停在了贴着白瓷砖的站台，一圈红瓷砖围绕着一个名字：汉普斯特德站。斯莱恩夫人摇晃着站了起来，伸手去握很实用的扶手；在这种时候，并且唯有在这种时候，在她必须追赶急匆匆的机械式生活时，她才会暴露老妇人的身份。她变得有点儿哆嗦，有点儿害怕。看得出来，年迈衰弱的她害怕被人催促。然而，她总是担心给别人带来不便，所以每次听见售票员喊"请抓紧时间"，她就信以为真，顺从地加快脚步；同样，她总是担心抢在前面过于显眼，所以总会让别人先上车，她自己就礼貌地等在后面。就这样，她好多次都错过了火车和公共汽车，卡丽为此常常气急败坏，因为她总是抢到了位置，车开动了，她只好眼睁睁地看着母亲站在月台或是人行道上。

这真是个奇迹了：到了汉普斯特德之后，斯莱恩夫人及时下了地铁，雨伞、包和塞在手套里的车票一样没丢。总之她下了地铁，站在暖融融的夏日空气中，俯视着伦敦的屋顶。她在那里站着，路人对她视而不见，因为他们对汉普斯特德的老妇人已经习以为常了。她迈开了脚步，怀疑自己是不是还记得路；汉普斯特德看起来几乎不像是伦敦地区，这里昏昏欲睡，宛如村庄，那些暖融融的红色砖房、远处的树木和景色让她愉快地想起了康斯太布尔[1]的画作。她慢慢地、愉快地走着，丝毫不感到焦虑，就像来到了一个友好的隐居之所，她不再想着亨利对孩子们的看法，她根本什么都没去想，只惦记着一定要找到那所房子，"她的"房子，三十年前就是这样一座红砖排屋，屋后有一个花园。想到马上就能再看到这座房子，她不禁有一种奇怪的感觉。三十年。比一个婴儿长成心智成熟的成人所需的时间还要长十年。谁能说得出这期间房子经历了什么？是见证过动荡、荒废还是风平浪静？

　　这所房子确实已经等待了好些年，等待着有人住进来。从斯莱恩夫人三十年前第一次见过之后，房子就只租出过一次，租客是一对安静的老夫妇，他们的故事也不过是人类平庸无奇的故事——天知道，在他们自己看来，这一辈子已经够曲折起伏了，殊不知它过于平常，最终无声无息地汇入了芸芸众生的汪洋大海——一对安静的老夫妇，抛下了跌宕起伏的经历；他们来到这里是为了慢慢地黯淡，轻柔地飘散，

1　约翰·康斯太布尔（John Constable, 1776—1837），英国著名风景画家，在汉普斯特德创作了多幅作品。

他们就这样黯淡了，这样飘散了；事实上，夫妻俩都是在朝南的卧室里溘然长逝，卧室窗外就是桃树——看管人这样告诉斯莱恩夫人，以示鼓励，她随手拉起百叶窗，让阳光照进来；她一边说话，一边撩起围裙，扫掉了窗台上的蛛网，又回头看了看斯莱恩夫人，那样子好像在说："行了，喏，房子什么样你都看到了——也没什么好看的——就是一所要出租的房子——赶快拿定主意吧，老天爷，我好回去喝茶。"但斯莱恩夫人站在空荡荡的房间里，轻柔地说她约了巴克陀特先生。

看管人可以走了，她说，不用再等了；她的声音里一定还留着几分总督夫人的威严，因为看管人的敌意转化成了略带狼狈的谄媚。但不管怎么样，她说，她必须得锁门。钥匙在她这儿。日复一日，她打开房门，用掸子敷衍地扫一遍灰尘，再锁上大门，让房子里只有寂静和墙上偶尔掉落的灰泥。夜里有灰泥掉落，白天必须得打扫干净。没人住的房子景况真是糟糕。常春藤从窗户缝里爬了进来；斯莱恩夫人看着藤蔓，嫩绿的新叶在阳光下无精打采地摇晃着。地上散落着几根稻草。一只巨大的蜘蛛飞快地蹿了过去，爬上墙壁，消失在缝隙里。是的，斯莱恩夫人说，看管人可以走了，巴克陀特先生肯定会好心帮忙锁门的。

看管人耸了耸肩。毕竟，房子里没有斯莱恩夫人可偷的东西，而且她惦记着喝茶。她收了半克朗[1]小费，然后就离开了。房子里只剩下斯莱恩夫人一个人了，她听到前门砰的一声关上了，看管人走了。看管人真是个名不副实的称呼：她们什么都不管。敷衍了事地用镀锌桶提来黑乎乎的污水，用脏兮兮的抹布在地板上胡乱擦一遍，就自认万事大吉。也许也怪不得她们，每星期只给几先令薪水，却指望她们把指节弄得越来越粗大难看，毕竟对她们来说，看管房子往好了说顶多是一份工作，往坏了说就是一桩麻烦。不能要求她们全心全意地把房子打理好。吃过几个月苦头就会磨灭一个人的热情，何况看管人吃了一辈子苦呢。也不能指望她们能感受到房子是一样多么古怪的东西，尤其是空房子；房子不仅仅是有序地堆砌起来的砖瓦，建造的时候用铅垂线和水准仪加以衡量，隔一段凿出一扇扇门窗；房子更是一个有生命的物体，仿佛有一股一以贯之的气息吹进了这个四方砖盒框起来的空气中，并且要一直困在里面，直到囚笼四壁倒塌，它才会呈现在世人面前。房子啊，真是一个非常私密的东西；这种私密无关于门闩、栅栏带

1　克朗（Crown），英国旧货币，半克朗为二先令六便士。

来的私密感。如果说这样的迷信似乎违背理性，不妨回答说，房子是砖块组成的，人本身也不过是原子组成的，可人却自称有灵魂、有思想、有记忆和感知的能力，但这和那些永不停歇的原子没有任何关系，正如房子和静止不动的砖块也没有任何关系。[1] 这种信念无法用理性来解释，我们也不能指望看管人考虑这些事。

斯莱恩夫人体验到了一种奇特的感觉，第一次独自待在可能成为家的空房子里，每个人都会有同感。她站在二楼窗前向外张望，但思绪却顺着楼梯上上下下，窥看着每一个房间，因为虽然这是她第一次进来，但她已经对布局感到熟悉了；这本身就表明她和这所房子意气相投。她的思绪甚至还跑到了地窖，她虽然还没有进去过，不过已经见到了青苔满布的台阶；她优哉游哉地想着里面有没有长菌子——不是斑斑点点的橙色菌子，而是那种颜色发白的——看着就知道有毒，而且让人心里发毛。也许菌子也应该算成是房子的入侵者吧，这么一想，她的思绪又回到了她所在的这个空荡荡的房间，此刻，那些放肆的住客正倾斜着身子，随风摆动、挥

1　薇塔对她出生的诺尔庄园有深厚的感情，丈夫哈罗德·尼科尔森解释说，对她来说那里"更像是一个人，而不单是一所房子"。

舞、雀跃。

这些东西——稻草、常春藤新叶、蜘蛛——许多日子以来一直独占着房子。它们不付房租，却肆无忌惮地享用地板、窗户和墙壁，过着轻松愉快、动荡不定的生活。斯莱恩夫人想要的正是这样的陪伴；她受够了奔忙，受够了争抢，受够了钩心斗角。她想和那些不知不觉间搬来空房子的住客融为一体，尽管她不会像蜘蛛那样织网。她满足于随风起伏，在阳光下长出绿意，随着岁月流逝，直到死亡轻轻地把她推出房子，再关上大门。她只想被动地接受，任由这些外在的东西对她为所欲为。但是首先，她得知道能不能拥有这所房子。

楼下传来了一阵轻微的响动——是开门声吗？——她留神听着。是巴克陀特先生吗？他们约好了四点半见面，刚才已经敲过钟了。她必须见他一面，她心想，尽管她讨厌公事，她宁愿像稻草、常春藤和蜘蛛一样占有这所房子，只要加入它们的行列就好了。她叹了口气，预感到在她能安安静静地坐在花园里之前，还有很多事情要做；签署文件、下达命令、挑选窗帘地毯，还要安排各种人员各就各位，带着锤子、大头钉、针线，之后她和她的行李才能在最后一次旅行之后安顿下来。为什么不让人拥有阿拉丁的戒指呢？不管再怎么简化生活，都无法完全摆脱其中无比的错综复杂。[1]

她忽然想，三十年前她所知道的巴克陀特先生兴许已经被某个年轻能干的儿子取代了，她继而欣慰地看到，门厅里站着一位让人安心的老先生。她隔着楼梯栏杆向下张望，他的身形有一种奇怪的透视效果。她看到了他的秃顶；下面是肩膀，没有身躯可言，然后是一对漆皮鞋的鞋尖。他站在那里犹豫不决；也许他不知道客人已经到了，也许他根本不在乎。她认为他多半是不在乎。他看起来并不急于知道。斯莱恩夫人轻手轻脚地迈下几级台阶，好把他看得清楚些。他穿着一件亚麻料子的长外套，像是油漆工穿的那种；脸颊红润，有点儿胖，他一根手指按在嘴唇上，好像顽童在傲气地想着什么心事。她观察着这个奇怪的小身影，好奇他究竟要做什么。他依旧把手指按在嘴唇上，好像在命令自己不许说话，然后蹑手蹑脚地穿过门厅，走到一面墙壁前，墙面上留着一块污渍，说明那里原先挂着一只晴雨表；他接着在墙上飞快地敲了几下，像啄木鸟啄树干一样，摇了摇头，嘟囔着"掉了！掉了！"，然后撩起大衣下摆，做了两个漂亮的单脚

---

1 创作本书时，薇塔刚刚买下西辛赫斯特城堡，并着手清理废墟、垃圾，修建日后著名的花园。

尖旋转，回到了门厅中央，刚好脚尖点地。

"巴克陀特先生？"斯莱恩夫人边下楼梯边打了一声招呼。

巴克陀特先生跳了一步，换成另一只脚尖点地。他停在那里，欣赏着自己的脚背。接着他抬起头。"斯莱恩夫人？"他说着，颇为花哨地深鞠一躬。

"我是来看房子的。"斯莱恩夫人说，她觉得安闲自在，并且一下子就对这个行事古怪的老先生产生了惺惺相惜之感。

巴克陀特先生放下衣摆，两只脚踩在地上，像一般人一样了。"啊，是了，房子。"他说，"我都给忘了。虽然玻璃要掉了，可我们还是得公事公办。那么你想看看这房子，斯莱恩夫人。这座房子很好，好到我谁都不愿意租。这是我自己的房子，你得明白，我既是房主，也是中介。如果我只是中介，替房主办事，那我就会觉得我有责任尽量把房子租出去。所以这房子才空了这么久。有很多人想租，但那些人我一个也不喜欢。不过你先看看吧。"他说"你"的时候略微加重了语气。

"我看过了。"斯莱恩夫人说，"看管人带我看了一遍。"

"可不是。一个讨厌的女人。又苛刻，又贪心。你给她小费了吗？"

"给了。"斯莱恩夫人觉得好笑，"我给了她半克朗。"

"啊，真遗憾。不过现在来不及了。嗯，你已经看过房子了。都看全了吗？卧室，三间；浴室，一间；厕所，两间，楼上楼下各一间；会客室，三间；休息厅；其他该有的都有。通水通电。半英亩花园；果树有年头了，包括一棵桑树。地窖很不错；你喜欢吃蘑菇吗？你可以在地窖里种蘑菇。我发现很少有女士喜欢喝酒，所以地窖还不如用来种蘑菇。我还从来没见过哪位女士愿意存上一桶波特酒呢。那就这些了，斯莱恩夫人，看过这所房子之后，你意下如何？"

斯莱恩夫人犹豫了一下，一时间她脑海中闪过一个不切实际的念头，那就是把自己等他时的想法原原本本地告诉他；她很有把握，巴克陀特先生会一本正经、毫不惊讶地听着。不过她并没有这么做，只是以一个潜在房客应有的谨慎和保守简单地说："我认为这房子应该非常适合我。"

"啊，但问题是，"巴克陀特先生再次用手指按住了嘴唇，"你适合这房子吗？我有一种感觉，你兴许很适合。而且，无论如何，世界末日之后你也不会想再住在这儿了。"

"我猜想我自己的末日会先一步到来的。"斯莱恩夫人微笑着说。

"除非你真的很老了。"巴克陀特先生严肃地说,"距离世界末日还有两年——我通过几步简单的数学计算就能让你明白。也许你不是数学家。女士当数学家的很少。不过假如你对这个话题感兴趣,等你安顿下来之后,我哪天可以过来和你喝茶,顺便给你演示一下。"

"这么说我要在这里安顿下来了,是吗?"斯莱恩夫人问。

"我想是的——对——我想是的。"巴克陀特先生把头一歪,斜着眼睛看着她,"看来十有八九。不然的话,你为什么三十年来一直记得这所房子——你在信里是这么说的——我又为什么要拒绝那么多租客呢?这两件事在各自画出两条弧线之后,好像连成了一条线,不是吗?我对命运的几何构造深信不疑。假如哪天我可以过来喝茶的话,我也很乐意向你证明这个问题。当然了,如果我只是中介,那我绝不会提出来喝茶的请求。那可不合适。但是,既然我也是房主,我觉得一旦我们完成了全部交易,或许可以以平等的身份来往。"

"不错,我希望你不管什么时候想来就来,巴克陀特先生。"斯莱恩夫人说。

"你真是太客气了,斯莱恩夫人。我朋友很少,而且我发现，年纪越大，就越喜欢和同龄人交往，并且对年轻人退避三舍。他们太让人疲惫了，太让人忐忑了。我现在简直受不了和七十岁以下的人做伴。年轻人让人不由自主地去设想奋力拼搏的人生。老年人就可以让人回首过去，这时拼搏已经终了。这让人觉得闲适。闲适，斯莱恩夫人，是人生中最重要的一件事，然而有多少人能做到呢？说实在的，又有多少人渴望闲适呢？老年人是不得不享受闲适。他们要么体弱多病，要么疲惫不堪，可是总还有一半人还在叹息自己精力不复从前。真是大错特错啊。"

"在这个问题上，无论如何，我是无罪的。"斯莱恩夫人如释重负地对巴克陀特先生坦白了。

"当真？那我们起码在一个重要事项上意见一致。斯莱恩夫人，二十岁真是太可怕了，其糟糕程度就像要参加全国越野障碍赛马。你心里很清楚，自己几乎肯定会栽进'竞争小溪'，在'失望树篱'摔断腿，被'阴谋终点线'绊倒，并且肯定要在'爱情障碍'触霉头。等你老了，你可以在比赛后的晚上告别骑师的身份，心里想着：'啊，我再也不用参加那种比赛了。'"

"但是你忘了，巴克陀特先生。"斯莱恩夫人自己也陷入了回忆，"年轻的时候，一个人很享受危险刺激的生活——

渴望这样的生活——而不会心惊肉跳。"

"是啊。"巴克陀特先生应道,"这倒是真的。我年轻的时候当过轻骑兵。我最大的乐趣就是猎野猪。我向你保证,斯莱恩夫人,我一看到一对漂亮的獠牙冲我扑过来,就感觉那是人生中无比美妙的时刻。在我现在的家里就挂着好几对獠牙,我很乐意展示给你看。不过我没有抱负——没有军事上的抱负。我对指挥部队一点儿兴趣也没有。所以当然了,我辞掉了军职,从那之后,我就渐渐发觉,沉思的乐趣要胜过行动的乐趣。"

听着巴克陀特先生怪趣呆板的措辞,斯莱恩夫人脑海里不由得浮现出他当轻骑兵的模样,于是暗暗好笑,但她小心翼翼地没有表露出来。她很容易就相信了他的话:他从来没有一点儿军事抱负。她觉得他完全符合自己的心意。不过,还是得提醒他回到实际问题上来,她这么想,虽然天知道这种漫无边际的谈话对她来说是多么新鲜的奢侈享受。"不过还是说说房子的事吧,巴克陀特先生。"她开口了,口吻很像卡丽在她交代珠宝之后言归正传的意思;不经意间流露出来的总督夫人气派把在灌木丛里猎野猪的巴克陀特先生拉回到了汉普斯特德的房租问题上。"我喜欢这所房子。"斯莱恩夫人说,"而且显然,"她露出了微笑,总督夫人的气派一扫而空，"你也同意我当房客。那么谈谈正事吧？谈谈租金吧？"

他愕然看了她一眼；显然，这期间他正一个人忙着猎野猪；他又变回了轻骑兵，忘记了自己是房主兼中介。这次他把手指按在鼻子上，打量着斯莱恩夫人，好让自己有时间思考。他好像对这个话题充满反感，尽管残存的经商习惯扯着他的袖子，拨着他的心弦；自然而然地，在他生活的世界里，租金并不重要。斯莱恩夫人也是一样；因此，在讨论房租的时候，简直想象不出还有比他们俩更话不投机，可是又更一拍即合的人了。"租金……租金……"巴克陀特先生重复着，像是正苦苦思索他原先知道的某个外语词是什么意思。

接着他眼前一亮。"当然了，租金，"他爽快地说，"你想以一年租期租下这栋房子吧？"在神游五十年前猎野猪的轻骑兵岁月之后，他想起了忘掉的词语。"如果租一年以上，"他补充说，"那简直太不值得了。房子随时可能空出来，到时候房子对你的继承人来说也是个麻烦。我想在这个基础之上，我们可以达成一个令人满意的协议。我喜欢能在短期内让我收回房子的租客。我个人对你很有好感，斯莱恩夫人，这种好感是突如其来的，不过我还是希望这栋房子每隔一段时间就能重新归我所有。单从这一个原因来看，你就是一个十全十美的租客。还有别的原因，当然了——人生中总会有多种多样的原因——但为了正事着想，我现在必须忽略这些原因。这些原因纯粹是感情用事——比如说，我希望你成为这所房子的住户（这是以房主而不是中介的身份说的），并且我可以期待度过愉快的下午，和你一起喝喝下午茶，并向你这样一位善解人意的女士示范一下我的几个小演算。这些考虑只好暂且不提。我们要讨论的是租金问题。"他脚尖点地；接着回过神来，把脚收了回去；随后他注视着斯莱恩夫人，眼神里全是满足和得意。

他说得委婉得体，令人欣赏，斯莱恩夫人心想；我如果租一年以上简直太不值得了，因为房子随时都有可能空出来，而我躺在棺材里被抬出去。不过如果他走在我前面呢？我的确是个老太太，不过他也的确是个老头子。两个距离死亡只有一步之遥的人，委婉是很荒唐的吧？但是人们总不愿意直白地提及死亡，尽管大限将至的想法始终压在心头；于是斯莱恩夫人没有指出巴克陀特先生的说法可能是谬论，而是说："一年的租约非常适合我。不过，这还是没有回答租金的问题吧？"

被逼无奈的巴克陀特先生一脸窘态。虽然他既是房主又是中介，但他是那种不愿意看到自己的美梦沦为金钱数额的人。还有，他已经认定了斯莱恩夫人这个房客。他选择了缓兵之计："这个嘛，斯莱恩夫人，我也有一个问题。你愿意付多少房租？"

仍旧是委婉路线，斯莱恩夫人心想。他没有问："你能付得起多少租金？"这种试探，这种像两只求偶的鸽子一样围着对方绕圈子的场面简直可笑。亨利一定会打断他们，用理智之斧劈开这团乱麻。可她喜欢这个古怪的小个子男人，并且庆幸，由衷地庆幸自己拒绝了卡丽同来。卡丽和她父亲一样，不由分说就要横加干涉，从而打破这种关系；他们这种关系就像一艘玻璃吹成的小帆船，迅速而精巧地长大成形、自由发展，每一根玻璃丝刚离开吹管接触空气，瞬间就有了硬度，可它又是那么脆弱，一旦不慎走音，破坏了空灵的涟漪，就会四分五裂。斯莱恩夫人退缩了，她说了一个数额，太多了；巴克陀特先生立即把数额减半，太少了。

但他们还是达成了协议。也许不是每个人都这么做生意，不过这个方法非常适合他们，告别的时候，他们对彼此都非常称心。

卡丽发现母亲对房子的事不肯多说，不由得暗暗奇怪。是的，她看过房子了；是的，她见过中介了；是的，她已经安排好把房子租下来了。租期一年。卡丽惊呼一声。万一中介得到了更好的出价，把她赶出去怎么办？斯莱恩夫人睿智地笑了笑。那位中介，她说，不会把她赶出去的。但是，卡丽说，中介都是些唯利是图的人——很自然地——他们必须唯利是图——母亲怎么能保证一年之后不用被迫另找房子呢？斯莱恩夫人说，她料想不会发生这种事，巴克陀特先生不是那样的人。话虽如此，卡丽气急败坏地说，可巴克陀特先生也要维持生计，不是吗？靠慈善哪能做生意。还有，母亲安排修缮屋子布置房间的事了吗？她跳到了另一个话题，因为她对更改租约的事已经完全放弃了希望；还有贴墙纸、刷腻子、修补漏水的屋顶？这些事母亲都想到了吗？多年来，卡丽一直控制着母亲的所有决定，她当真倍感窘迫焦虑，更让她愤愤然的，是她无法由着性子发泄满腔的愤怒，因为如果一位老太太突然表示，她已经八十八岁了，有能力自己做主，那么她的女儿就没有理由对这位八十八岁的老太太发号施令。卡丽确信母亲根本没有能力办到；她眼睁睁看着自己大势已去并且惊慌失措，同时也确实担心母亲正一步步地，并且是无药可救地陷入最可怕的泥潭。斯莱恩夫人则平静地回答说，巴克陀特先生已经答应替她安排木匠、油漆工、水管工、家具商了。卡丽担心她是出于好意，不过完全没有必要。她和巴克陀特先生会把一切都处理妥当的。

卡丽觉得自己压根没必要提"估价"这个词了。母亲似乎已经脱离了她的掌握，进入了一个情感而不是理智主宰的世界。在那个世界里，一个人会把别人的委婉和善意视为理所当然。卡丽清楚得很，那个世界和这个地球毫不相关。这和母亲对珠宝的漠然和愚钝是一回事。哪个有头脑的人会把价值五千镑，甚至七千镑的珠宝就那么随便给了人？哪个思维正常的人会想不到起码该给卡丽和拉维妮娅留一份？更不用说还有伊迪丝了。给可怜的伊迪丝留一枚胸针，她们是不会计较的。毕竟伊迪丝是父亲的女儿。可母亲却把所有的东西都交了出去，就好像这些东西都是没用的废木头，如今她还是一样，把自己连同钱包高高兴兴地交到了一个叫巴克陀特的老骗子手里。

不过，卡丽和兄弟姐妹们反复且详尽地讨论了这件事，并获得了莫大的安慰。他们于是越发团结了。他们每个人都非常享受下午茶聚会——下午茶是他们最喜欢的一餐，也许是因为这一顿最便宜——没有人介意别人总是重复说同一件事，甚至连措辞都一样。他们每次都再次给予认可，还连连点头，仿佛刚刚得到了什么发人深省的新领悟。卡丽和兄弟姐妹们在肯定和再肯定中得到了莫大的信心。一件事只要说的次数够多就会变成事实；把差不多一样的木桩一根根竖起来，足够多了，就在自己和难以预料的危险之间筑起了一道栅栏。死亡之后葬礼之前那句不绝于耳的"母亲真了不起"很快被另一句话取而代之："亲爱的母亲啊——在任何实际的事情上都无可救药。"话虽如此——而且是翻来覆去地说，在威廉和拉维妮娅居住的女王门街、卡丽和罗兰居住的下斯隆街、查尔斯那间公寓所在的克伦威尔路、赫伯特和梅布尔居住的卡多根广场，这样的毅力真是值得称赞——话虽如此，他们还是拿这位和风细雨又无可救药的母亲毫无办法。她一向是那么言听计从，可揉可捏，这次竟然把他们彻底击溃了——她，以及她在汉普斯特德的房子，还有她那位巴克陀特先生。他们谁都没见过巴克陀特先生，谁都没有被允许见他；就连卡丽连同她开车接送的提议也被拒绝了；而巴克陀特先生的隐身只会火上浇油，让他们越发不信任他。他成了"这个掌控了母亲的家伙"。要不是斯莱恩夫人已经把所有的珍珠、翡翠、红宝石、祖母绿随随便便地交给了赫伯特和梅布尔，他们准会怀疑她按照巴克陀特先生的提议把珠宝都给了他。这个巴克陀特先生，对租约含糊其词，又热心联系了木匠、油漆工、水管工、家具商——他不是骗子还能是什么？在卡丽和她的兄弟姐妹看来，他的动机往好了说就是那个不祥的词语：委员会。

与此同时，巴克陀特先生和戈谢伦先生谈妥了。

"你必须明白，"他对这位可敬的手艺人说，"斯莱恩夫人虽然身份尊贵，不过手头并不富裕。戈谢伦先生，认为贵族必定阔绰可不保险。一位绅士曾经出任过印度总督和英国首相，但这并不意味着他的遗孀生活优渥。戈谢伦先生，我们的公共服务遵循的是完全不同的原则。因此，戈谢伦先生，你务必在保证自身合理利益的前提下，尽可能降低估价。作为中介，同时作为房产所有人，我在这方面有一定的经验。我向你保证，我一定会代表斯莱恩夫人核实你的估价，就当这是我自己的事一样。"

戈谢伦先生也向巴克陀特先生保证，他绝不会占斯莱恩夫人的便宜。

热努第一次见到戈谢伦先生就对他产生了好感。"这位先生，"她说，"是懂行的。比如说吧，他知道，"她补充说，"他知道窗帘里要加多少铅坠。他还知道怎么刷漆才不会翘。我喜欢好手艺，"她又补充说，"——没那么贵，又不是粗制滥造。"热努和斯莱恩夫人从卡丽那里解脱出来，和巴克陀特先生还有戈谢伦先生相处得十分愉快。戈谢伦先生的各方面都让斯莱恩夫人喜欢，甚至包括他的外表。他看起来体面极了，总是戴着一顶老式的圆顶礼帽，帽子已经旧得发绿了，他就算在屋子里也从来不摘掉，但为了表示对斯莱恩夫人的尊敬，他会按着后帽檐把帽子往前一斜，然后再戴正。他的头发原本是棕色的，不过如今已经变得又灰又硬，帽子一歪，头发就会变得凌乱不堪，后面还有一缕头发会翘起来，让斯莱恩夫人为之着迷，但帽子的主人毫无察觉。他耳朵上总别着一支铅笔，这支铅笔很粗，笔芯又软，除了在木板上做记号，根本派不上别的用场，可斯莱恩夫人就只见过他用铅笔来挠头，此外从没见过有其他的用处。她很快就发现，戈谢伦先生就是那一类工匠，只要不是自己负责的活儿，他总能挑出毛病来。"这玩意儿真差劲。"戈谢伦先生在检查厨房炉灶的风门时会这么嘀咕一句。他总是拐弯抹角地说，要是这个活儿交给他来做，效果会好得多。不过，他同时也拐弯抹角地说，以他的经验，他是可以修好的；一个干得糟糕透顶的活儿，他可以修补，不过只能是勉勉强强。他平时沉默寡言，在巴克陀特先生面前也很低调，但偶尔也会忍不住发飙。斯莱恩夫人尤其喜欢看到他发飙，比如有一次他对组合排屋的石棉瓦屋顶发飙。因为难得一见，所以这类发飙就更显得珍贵。"我不明白，夫人。"他说，"人怎么能忍受没有美的生活。"戈谢伦先生可以从一块松木板上看到美，只要木板镶得合适，不过他自然更喜欢橡木板。"想想看，"他说，"有些人竟然要用油漆盖住木头纹理！"戈谢伦先生不年轻了，他少说也有七十岁，但他延续的是一百多年前的传统。"这些货车，"他说，"震得墙都在抖！"亨利·斯莱恩一向思想开明，他从货车中看到了美，就像戈谢伦先生从做工精细的木板上看到了美一样；斯莱恩夫人多年来一直忠心耿耿地努力欣赏货车的美，如今她发现自己被放归到另一套价值观中，感到更加志趣相投。她可以和巴克陀特先生还有戈谢伦先生一起打发好几个小时的时光，热努则跟在他们身后，像一支可靠又矮小的歌队。热努稳稳地站在一旁，牛皮纸衬里咯吱作响，她这辈子原则上几乎看不惯任何人，却对巴克陀特先生和戈谢伦先生赞不绝口，简直像是爱上他们了。他们和夫人的孩子们（无论如何，热努对他们充满了敬畏）太不一样了，这种不一样真令人费解，也令人高兴！两位老先生看起来真心希望一切都要按照斯莱恩夫人的喜好来，同时又要尽可能地省去开销；她每次试探性地提出一个想法，比如在浴室里装一个玻璃架子，或者不管是什么想法，他们都会默契地对视一眼，简直像是挤了挤眼睛，然后总是说，他们觉得没问题。热努喜欢看到夫人得到这样的对待——就好像她是一件珍贵、脆弱、无私的东西，需要有人坚定地保护她享受到永远不会自己开口要求的权利。以前从来没有人这样对待过她。当然了，老爷是爱她的，也总是替她挡掉麻烦（老爷对每个人都那么彬彬有礼），可他性格过于霸道，以至于其他人自然而然地成了他的影子。她的孩子们也爱她，起码热努是这么想的，因为热努想象不出一个孩子会不爱自己的母亲，就算这个孩子已经六十多岁了，可有些时候热努完全看不惯他们对母亲的态度；比如说夏洛特[1]小姐吧，实在是太专横了，一天到晚不管什么时候都往榆园花园跑，光是她那副样子就能让一个胆小的老太太胆战心惊，她的话里往往还透着隐隐的不耐烦。而且在热努看来，他们一个个的都太精力充沛了，只有伊迪丝小姐和凯少爷例外；他们把可怜的母亲呼来喝去，大声说话，想当然地认为她的精力和自己相当。有一次，斯莱恩夫人要和威廉少爷一起出门，她提议坐出租车，但威廉少爷说不好，他们完全可以坐公共汽车。这时，热努正帮他们抵着前门，她几乎想自掏腰包给威廉少爷十八便士打车。她现在真希望自己当时冲动之下演了这出讽刺剧。把一位八十八岁的女士当作六十五岁的人来对待可不合理。热努自己其实只比斯莱恩夫人小两岁，

---

1 卡丽的本名。

每当她在榆园花园的门厅里给斯莱恩夫人穿上套鞋，递给她一把雨伞送她出去淋雨时，她都愤愤不平。这不像话，尤其是一想到斯莱恩夫人过惯了的那种生活：坐在大象背上，身后的象夫替她撑着阳伞。比起榆园花园，热努更喜欢加尔各答。

但在汉普斯特德，多亏了巴克陀特先生和戈谢伦先生，家里终于恢复了恰如其分的氛围。排场不大；这里没有副官，没有王子，尽管排场不大，却热情、亲切、尊重、警觉、慷慨，这才是该有的样子。巴克陀特先生行事风格与众不同，热努觉得他真是出类拔萃。他性格古怪，诚然，但他是一位绅士——一位真正的君子。他总有些奇特又美好的想法；他从来不慌不忙；他会在谈正事的时候岔开话题，说起笛卡尔或是构造的精妙。他所说的构造不是指墙纸的图案，而是生命的构造。戈谢伦先生也是从来都不慌不忙。有时候，他会抬一抬帽檐，用铅笔挠挠脑袋，就算是发表了意见。他很少说话，而且声音总是很轻。他痛惜现代社会手工艺的衰落；他不肯雇用工会成员，而是自己组织了一队工匠，其中大部分人都是他亲自训练的，因此他们都很老，热努有时候真担心他们会从梯子上摔下来。工人们也参与了取悦斯莱恩夫人的阴谋；看到她来了，他们总是笑容可掬地问好，同时摘下帽子，赶紧把颜料罐挪开，好给她让路。不过，尽管屋子里弥漫着这种悠闲的气氛，工作进展得倒好像相当快，斯莱恩夫人每次来汉普斯特德，总有一些小惊喜等着她。

巴克陀特先生甚至还给她准备了小礼物，不过出于委婉，他的礼物都朴素又便宜，所以她可以大方地接受。有时是让她种在花园里的植物，有时是一瓶插花，摆在空房间的窗台上真是光彩夺目，不同凡响。他解释说，他不得不把花放在窗台上，因为房子里还没有桌子之类的家具，不过斯莱恩夫人猜测他其实更喜欢窗台，因为他可以把礼物挪到恰当的位置，他等着房客的时候正好让阳光洒在上面。有时候她想跟他开个玩笑，于是故意迟到半个小时，不过他没有露出马脚；有一次，距离花瓶三英寸[1]的一圈水痕出卖了他：看到她来晚了，他又上楼去把他的花挪到阳光底下了。晚年，斯莱恩夫人心想，肯定只能满足于小小的乐趣，因为证明了自己的猜测就给她带来了乐趣。尽管疲惫、虚弱，随时准备离开，不过她仍然可以和巴克陀特先生以及戈谢伦先生一起玩一个缩小版的小游戏，以此来自娱自乐，就像是伴随着逐

1　1英寸约为2.5厘米。

渐模糊的音乐跳小步舞，也许有些造作，却象征着某种真实，是她和自己的孩子们在一起的时候从来没有体验过的真实。造作的是形式，而真实存在于创造形式的心灵。若是出于发自内心的尊重，礼节就不再空洞造作，而是成了一种大方得体、罩着面纱的优雅，用这套规矩可以表达更加深刻的情感。

他们三个都太老了，无法体验强烈的感受，无法你争我抢、钩心斗角、分出胜负。他们必须伴着小步舞曲的老拍子，绅士一鞠躬，就表达了他对女士的欣赏和殷勤，而女士摇着扇子，扇起的风还不足以吹动她的秀发。那就是晚年，什么事都了然于心，以至于除了象征性的动作，根本无力表达。滚烫的感情冲破束缚，从熔炉中喷涌而出，一颗心仿佛会被复杂而矛盾的欲望撑得迸裂开来，那样的日子已经一去不返；如今只剩下黑白两色的风景，景物一模一样，只是所有的色彩都消失了，语言也被一个动作代替。

这期间，巴克陀特先生送着他的小礼物，斯莱恩夫人最喜欢的就是花。她有意了解巴克陀特先生，因此发现他在很多方面都颇有才能，其中插花方面的天赋便毫不逊色。他毫无顾忌、出其不意地用各种颜色摆成各种造型，最终的效果更像是一幅静物画，而不是一束鲜花，但其中蕴含的生命力是任何颜料都无法比拟的。摆在窗台上的花朵在阳光下熠熠生辉，被周围光秃秃的木板和灰泥衬得越发光彩夺目，那种光泽仿佛是由内而外散发出来的。他的创造力也用之不竭，这个星期他会扎一束花哨如吉卜赛风情的花儿，尽是蓝的、紫的、橙红的，到了下个星期又会带来一束粉彩般淡雅的花朵，粉的、灰的，点缀着一抹黄，再配上几枝淡奶油色的羽毛状花枝。斯莱恩夫人本来想当画家的，她很欣赏他的作品。巴克陀特先生是个艺术家，斯莱恩夫人说；热努本来不喜欢在家里摆花，因为花瓣会掉在桌子上，最后花儿不得不扔掉，还弄得废纸篓里湿漉漉的，但有一天连她也忍不住称赞说："先生可以当花匠的。"

渐渐地，看到自己的心意得到了认可，他的礼物也更用心了。除了插花，他又为斯莱恩夫人准备了一束别在胸前的襟花。第一次出现了点儿困难，她不想看到老先生失望，在蕾丝和荷叶边下面找了半天，可惜还是没有找到别针，之后他总会带来一枚大大的黑色安全别针，牢牢地别在包花梗的银纸上，斯莱恩夫人也尽职尽责地用着了，尽管她也细心地提前备了一枚。这种细微、默契、将心比心的殷勤构成了他们的关系。

一天，斯莱恩夫人问他为什么要为自己这么劳心劳力。

为什么他要帮忙联系戈谢伦先生，监督他的估价，还检查工程的每一个细节？这肯定不是一个中介的分内事，就算是房主、中介也不必要吧？巴克陀特先生立刻变得严肃起来。"我一直在想，斯莱恩夫人，"他说，"你会不会向我问起这个问题。我很高兴你问了，因为我一向赞成打开天窗说亮话。你说得对，这不是分内事。这么说吧，我做这些是因为我基本上无事可做，而且只要你不反对，我就很感激你把这件差事交给我做。"

"不对。"斯莱恩夫人有些不好意思，但还是坚持要问个究竟，"不是这个原因。你为什么要这样保护我的利益？看吧，巴克陀特先生，你不仅管着戈谢伦先生——事实上，他比我见过的所有手艺人都让人放心——而且从一开始，你就想尽可能地为我省去麻烦。我也许是不太精通实际的事务。"她露出了那种迷人的微笑："但我也算见过世面，知道你这一套不是做生意的惯例。还有，我女儿夏洛特……唉，还是别提我女儿夏洛特了。事实就是，我百思不解，而且也很好奇。"

"我不希望你把我看作傻瓜，斯莱恩夫人。"巴克陀特先生的语气十分郑重。他犹豫了一下，似乎在思考应不应该对她吐露心声，接着就匆匆忙忙地发表了一小段演讲。"我不是傻瓜。"他说，"也不是一个幼稚的老头子。我厌恶幼稚还有诸如此类的废话。对那些自欺欺人的家伙，我只有不耐烦。斯莱恩夫人，这个世界可怕得很。可怕，是因为世界的原则是生存竞争——真不知道这种竞争原则是该被称为惯例还是必然。这究竟是不可思议的妄想，还是生命的法则？又或者这是一种动物法则，而文明终有一天会把我们从中解放出来？斯莱恩夫人，目前在我看来，人类把所有的计算都建立在一个数学体系之上，但这套体系从根本上就是错的。计算结果符合了他的目的，因为他把种种限制强加给他的星球，好让他的前提成立。如果用其他的定律来判断，虽然答案仍然是正确的，但前提就只会显得不可理喻；精巧是够精巧，但是不可理喻。也许有一天真正的文明降临，然后在我们所有的答案上打一个大大的叉。不过我们还有很长的路要走——很长的路要走啊。"他摇了摇头，脚尖点地，陷入了沉思。

"那么你认为，"斯莱恩夫人开口了，她看出必须把他从抽象的思考中唤醒，"凡是反对这种不可思议的妄想的人都是在推动文明进步喽？"

"是的，斯莱恩夫人，我当然这么认为。但是以目前这个世界的构成而言，这是一种奢侈，只有诗人才有资格享受，要么就是上了年纪的人。我向你保证，我辞去军职刚开始经商的时候，我是很凶狠的。真的只能用这个词来形容。凶狠。谁都不能抢在我前面。我做事越苛刻，赢得的尊重就越多。要想迅速地赢得尊重，最管用的办法就是让你的同行看到你和他们不相上下。从长远来看，别的方法也会为你赢得尊重，但要想走捷径，什么也比不上给自己定一个高价，并且让别人不接受都不行。谦虚、节制、体贴、友善——都没有用，这些带不来回报。如果你遇见我以前的同僚，斯莱恩夫人，他会告诉你，我当年就是典型的逆我者亡。"

"那么你什么时候放弃了这些冷酷无情的原则呢，巴克陀特先生？"斯莱恩夫人问道。

"你不怀疑我是在自吹自擂吧，斯莱恩夫人？"巴克陀特先生望着她问，"我之所以告诉你这些，只是想让你明白，我没有天真这样的毛病。我说过，绝对不能让你觉得我是个傻瓜。——我什么时候放弃了这些原则？嗯，我给自己定了个期限；我下了决心，到了六十五岁，经商这一行就再没有我这个人了。我六十五岁生日那天——更准确地说，是我六十六岁那天——早上醒来，我就是一个自由人了。因为我那套作风是职业使然，而不是个人意愿。"

"那这所房子呢？"斯莱恩夫人问，"你之前说，三十年来，你拒绝了自己不喜欢的房客。这肯定是个人意愿吧，不是吗？这很难说是生意吧？"

"啊，"巴克陀特先生用手指按住了鼻子，"斯莱恩夫人，你太精明了，你的记性太好了。不过别对我太苛刻：这所房子一直是我唯一犯糊涂的地方。也许我应该说，这是我唯一清醒的地方？我喜欢一丝不苟的措辞。我看出来了，斯莱恩夫人，你这个人喜欢开玩笑。我无意冒犯。要是女士们不爱开玩笑，那我们就太容易把自己当回事了。我一直有一个幻想，看吧，我希望能在这所房子里度过晚年，所以我自然不希望这里的气氛被志趣不合的人破坏了。你可能注意到了——你当然注意到了——这里弥漫着一种成熟而超然的奇妙气氛。我加倍小心地呵护着这种氛围。尽管我们没办法创造一种氛围，不过至少可以保护它不受干扰。"

"但既然你打算自己住——好吧，死在这里，"斯莱恩夫人看到他举起了手，正准备纠正她，于是改了口，"那为什么要让给我呢？"

"哦，"巴克陀特先生语气轻松，像在安慰她，"斯莱恩夫人，你的租约不大可能妨碍我的打算。"

巴克陀特先生虽然彬彬有礼，但在这一点上却始终是一副铁石心肠，他毫不讳言斯莱恩夫人只是短期租住。每次劝她不要做不必要的开支时，他的理由都是花那笔钱不值得。一次斯莱恩夫人提到安装中央供暖系统，他提醒她说，作为她最后的居所，她在这里过不了几个冬天，倘若要过冬的话。"当然了，"他满怀同情地补充说，"一个人没有理由不尽可能地过得舒服一些。"热努无意中听到了这番话，于是动用了她的宗教信仰来强调愤怒之情。"先生觉得天堂里没有暖气吗？认为上帝不与时俱进，这个想法未免肤浅。"尽管如此，巴克陀特先生还是坚持己见，认为屋子里用油灯来取暖就够了。他算出了一个冬天需要烧多少加仑石蜡，还对比了凿开墙体安装壁炉和管道的费用。"但是，巴克陀特先生，"斯莱恩夫人不无恶意地说，"作为房主兼中介，你应该鼓励我安装中央供暖系统才对。想想看，这对你的下一个房客会有多大的吸引力啊。""斯莱恩夫人，"巴克陀特先生回答说，"为我的下一个房客着想和为我现在的房客着想是互不相干的两件事。这向来是我的生活准则；多亏了这条准则，我才能始终保持清晰的人际关系。我完全支持界限分明。我不喜欢模糊不清。大多数人都犯了一个错误，把自己的一生过得模糊不清，弄得谁也不高兴，自己尤其不高兴。妥协的本质是否定。我的原则是，专心讨好一个人总比分心讨好几个人好，不管这要冒犯多少人。我这辈子得罪了很多人，但没有一次得罪人是我后悔的。我信奉享受当下。生命太短暂了，斯莱恩夫人，时间飞逝而过，我们必须抓住它的尾巴。回想昨天和盼望明天都无济于事。昨日已逝，明日难料。就连今天也是岌岌可危，上帝知道。所以我告诉你们，"巴克陀特先生模仿起《圣经》的文风，同时脚尖点地，好像在强调自己这番话，"不要安装中央供暖系统，因为你们不知道自己能享受多少日子[1]。下一个房客尽可以去地狱里取暖。我是来给你提建议的；我的建议是，买一盏油灯吧——多买几盏。油灯能给你取暖，让你渡过难关，只不过可能要经常换灯芯罢了。"他换了一只脚，一甩衣摆，摆出一副演讲到此结束的架势。戈谢伦先生颇为尴尬地歪了歪帽子。

斯莱恩夫人发现，他之所以坚信自己的租期非常短暂，是出于两个原因：巴克陀特先生对她的寿命的估计，以及他对世界末日即将来临的预言。他郑重其事地讨论起这个话题，也毫不避讳在场的热努和戈谢伦先生，他们两个并不愿意谈到这类话题，而是一个想讨论被单毛巾柜，一个想讨论涂料。热努只好把被单放一放，戈谢伦先生也只能暂时忘

---

1 参见《新约·马太福音》第六章："所以我告诉你们：不要为生命忧虑吃什么，喝什么；为身体忧虑穿什么。"

掉那些满月形状的小色块，那些叫作庞贝红、石灰、橄榄绿、虾粉的颜料。巴克陀特先生的注意力都集中在永恒的事物上，对被单毛巾柜和涂料的兴趣顶多只是敷衍。他只能忍受五分钟，不能再长了。之后，他就会对戈谢伦先生冷嘲热讽，说什么他的码尺在不同的房间里长度不等，要看房间是南北走向还是东西走向，还说热努的柜子本质上不可能是水平的，因为整个宇宙是弧形的，这些话听得热努和戈谢伦先生惴惴不安，不过热努越发敬佩巴克陀特先生的学识，戈谢伦先生的帽子则差点歪到了鼻尖上。巴克陀特先生看到他们听得糊里糊涂，不禁幸灾乐祸起来。他知道，斯莱恩夫人能够欣赏他的理论，但即使是为了保护她，他也没有飘飘然。"你们可能知道，"他站在一间还没完工的房间里，几个油漆匠停下了手头的工作，好听他说话，"至少有四种理论预言了世界末日。大火、洪水、严寒和碰撞。还有别的理论，但那些都太不科学、太不现实，所以可以不加理会。当然了，还有数字命理。我认为数字是宇宙永恒和谐的基本组成部分，因此是个坚定不移的毕达哥拉斯主义者。数字存在于虚空之中；数字无论如何都不会毁灭，即使宇宙可能毁灭。我这样说，并不意味着我有什么独到见解，能够解释巴比伦人的神圣数字：一千二百九十六万。你们都记得吧？或者是威廉·米勒的计算，他通过一套加减法，断定世界将在 1843 年 3 月 21 日毁灭[1]。不，我自己研究出了一套系统，斯莱恩夫人，我可以向你保证，尽管答案让人沮丧，却无可辩驳。大毁灭近在咫尺。"巴克陀特先生说到了兴头上，他踮着脚尖走到墙边，用一截粉笔小心翼翼地写下了 PΩMH。一个油漆匠跟了过去，同样小心翼翼地用刷子把字迹涂掉了。

"可在这之前，夫人，"热努问，"我的被单怎么办？"

斯莱恩夫人从来没有和谁相处得这么愉快。和这两位老先生的相处让她感到前所未有的快乐。她曾在才华横溢、身居要职的人物中间扮演着自己的角色，并让自己适应了他们的谈话，在和世俗事务打交道的那些年里，她学会了把零散的信息拼凑在一起，而这些信息对她来说着实难以整理，甚至很难记住；她于是总会想起小时候，那时她的知识里似乎存在着巨大的空白，她总是茫然地听着别人提到爱尔兰问题、妇女运动，还有自由贸易和保护主义，这是两块特殊的绊脚石，尽管她已经听别人解释了十几次，却还是没办法自

---

1 美国牧师威廉·米勒（William Miller，1782—1849），曾预言耶稣再临的日期。

如地分辨出两者的区别。她总要费尽心思在亨利面前掩饰自己的无知。最后她总算表现得无懈可击，亨利会倾诉自己的政治困惑，并且丝毫不曾怀疑妻子早已忘记了他的论点。她暗自为自己的不足感到羞愧。可是该怎么办呢？她记不起来，不行，她根本记不起来阿斯奎斯先生为什么不喜欢劳合·乔治先生[1]，也记不起来工党[2]这个来势汹汹的新政党到底以什么为宗旨。她最多只能掩饰自己的无知，同时在大脑中疯狂地搜寻相关的零碎信息，好能给出一句说得过去的回答。在巴黎那几年，她尤其吃了不少苦头，因为法国人伶俐的谈吐（她极为欣赏）总让她觉得自己笨嘴拙舌；虽然她可以坐在那儿如痴如醉地听上几个小时，听格言警句有如烟花般绽放，惊叹别人有能力把生活的某个方面总结成一句话，而对她来说，这些重要的东西需要她穷尽一生去思考；然而，她沉静的享受中总是夹杂着一丝担忧，她生怕随时会有某个客人误以为冷落了她，因此礼貌地转头看向她，抛

---

1 阿斯奎斯（H.H. Asquith, 1852—1928），1908—1916 年出任英国首相，第一次世界大战爆发两年后由劳合·乔治（Lloyd George，1863—1945）接任首相。薇塔的小儿子奈杰尔在《婚姻的肖像》（*Portrait of a Marriage*，1973）中描述，哈罗德身为外交官，曾和劳合·乔治共事，而薇塔从不关心。

2 工党，成立于 1900 年，最初称为劳工代表委员会，1906 年改称工党。

来一只她无法接住的球："大使夫人又怎么看？"虽然她知道，自己心里理解了他们的话，甚至比他们本人理解得还透彻——因为法国人的谈话似乎总是围绕着她最感兴趣的话题展开，而且她觉得自己对这些话题确实有所了解，只是不会表达——她只好呆呆地含糊其词，说两句不置可否甚至言不由衷的话，同时她感到坐在一旁的亨利一定在为妻子的丑态痛苦不堪。然而，私下里，他总喜欢说（尽管这种时候很少），她是他所认识的最聪明的女人，因为尽管她经常不善言辞，却从不说一句蠢话。

她不断祈祷让这些痛苦永远都是她的秘密，无论是亨利还是餐桌上的客人都不要发现她真实的一面。她还有类似的其他弱点，也让她暗暗羞愧，不过程度略轻一些。比如说，她填不对支票，数字和文字金额总写得不一致，记不住画线，记不住签名；[1]她不懂什么是债券，也不懂普通股和延期股之间的区别；至于那群不可思议的牛、熊、鹿、大象[2]，她简直觉得置身野兽马戏团。她尽职尽责地相信这些事情事关

---

[1] 据奈杰尔在《婚姻的肖像》中回忆，薇塔本人"看不懂个税报表，简单的一列数字相加也不会算"。

[2] 金融行业有很多以动物命名的词语，市场行情呈上涨趋势的称"牛市"，反之称"熊市"，"鹿"指短期内进行买卖的投机者，"大象"指股市中的一些权重股。

重大，因为显然是这些事让世界不断运转；她相信，政党政治、战争、工业、高出生率（她学会了称之为人力）、竞争、秘密外交和猜忌，都属于一个必不可少的游戏，说必不可少是因为她认识的那些最聪明的人都以此作为事业，尽管对她来说，这个游戏无法理解；她相信一定是这样的，可她往往忍不住觉得，仿佛看着一群人活在一个可怕又可笑的梦里。整个可悲的体系似乎都建立在一种不可思议的惯例之上，根本难以理解，就像货币理论（别人这么告诉她）和黄金的实际供应量毫无关系。世人选择用黄金而不是石头作为象征，这只是偶然；世人把争斗而不是友好作为原则，这也是偶然。选择石头和友好可能会更和睦——这是一个简单的解决办法——但这个星球上的居民显然从来没有想过。

她自己的孩子也是在同样的传统中长大的，她对此无能为力。那是自然。他们就这样长大了，你争我抢，不满足于随遇而安。赫伯特总是那么自命不凡、野心勃勃、愚笨而不自知；卡丽忙着她的委员会，操着一副颐指气使的口吻，干涉不想被干涉的人，单单因为她喜欢干涉，她母亲对此很肯定；查尔斯总是满腹牢骚；威廉和拉维妮娅永远斤斤计较、省吃俭用，俨然把这当成了职业。他们都不懂真正的善良，不懂优雅，不懂隐私。只有伊迪丝和凯能让母亲感到些许共鸣：伊迪丝总是糊里糊涂，每次都想把事情做好，结果却越弄越乱，她想退后一步观察生活，观察生活的全貌，大多数人都承认这是不可能的，可伊迪丝真心地感到困扰，为此郁郁不乐（不过这种不安让她更加可敬了）；凯——好吧，在她所有的孩子中，也许只有整天摆弄罗盘、星盘的凯是最不争不抢的；当他关上房门，拿出掸子沿着书架一排排地掸灰的时候，却拥有最强烈的自我意识，而他自己却毫无察觉。是的，凯和伊迪丝最像她；这是一个秘密，一个她会带进坟墓里的笑话。

除此之外，她一直是一个孤独的女人，总是和她表面上所信奉的信条相左。时不时地，她也经历过美妙的邂逅，结识了灵魂相投之人。去法塔赫布尔西格里 [1] 的路上有一个同行的年轻人；那人的名字她已经忘了，又或者她一直就不知道他的名字；她曾注视过他的眼睛，只有片刻的工夫，接着她心生不安，退却了，她慢悠悠地走去找总督和那群头戴遮阳帽的官员。这样的邂逅少之又少，并且由于她生活的环境，幸好总是匆匆结束。（然而，她仍然坚信，许多灵魂在

---

1 法塔赫布尔西格里（Fatehpur Sikri），印度北部古城，1571—1585 年曾是莫卧儿王朝的首都，由阿克巴大帝修建，意为胜利城。

根本上是相通的，只是盖着一重重世俗的套话，再也无法清晰地奏出共鸣。）和巴克陀特先生还有戈谢伦先生相处的时候，她感到自在极了。她可以毫不难堪地告诉巴克陀特先生，她分不清地方税和国家税。她可以告诉戈谢伦先生，她分不清伏特和安培。他们两个都没打算解释。他们立刻打住，只是简单地说，交给我吧。她交给了他们，并且知道，她没有信错人。

　　说来奇怪，这样的陪伴带给她的是多大的宽慰和放松！是由于老年的疲惫，还是期待已久的重返童年？所有的决定和责任又可以重新交到别人手中，一个人可以自由自在地做着美梦，信仰这个充满阳光和仁慈的世界。她想，如果我再年轻一次，我会拥护冷静、沉思的生活，反对积极、算计、争斗、虚假——是的！虚假，她大声喊了出来，她用拳头在另一只手的掌心里捶了一下，感到了一种不习惯的力量；随后，她试图纠正自己，琢磨这也许只是一种消极的信条，一种对生命的否定，甚至也许是坦白自己有心无力；最后她得出结论，并非如此，因为在沉思中（以及在追求她不得不放弃的唯一一个爱好时），她可以洞察到更幸福的生活，比起以结果和活动来衡量事物的几个子女，她看得更加真切。

她还记得，和亨利一起穿越波斯沙漠的时候，马车周围飞来了成群的蝴蝶，黄白相间的蝴蝶翩翩起舞，在他们两侧、头上、周围盘旋，时而步调一致地往前面飞去，时而又飞回来陪在他们左右，就好像围着这辆笨重的马车展示轻灵的舞姿很好玩儿，可它们还是无法适应这样稳健的步伐，所以为了解闷，蝴蝶腾空而起，或者飞到车轴下面，在马蹄下一次落地之前又从另一侧飞了出来。于是，沙地上出现了点点黑影，就像抛下了一个个黑色的小锚，用看不见的缆绳把它们拴在地上，但又忽快忽慢地把它们拖来拖去，让它们不得不跟着。她还记得，从黎明到黄昏追随着太阳前进的单调旅程让她入了迷，就像犁笔直而缓慢地划出一条土沟，一圈又一圈地追逐太阳，绕着世界一圈又一圈地转——她还记得，她觉得这就好比她自己的生活，跟着亨利·霍兰的身影，就好像他是太阳，但又时不时地飞进一团蝴蝶的云影，那是她自己无拘无束、无关紧要的想法，跳跃着、飞舞着，但丝毫不能改变前进的节奏。蝴蝶的翅膀从不触碰马车，总是摇曳着、躲闪着，一会儿飞得远了，但又飞回来逗弄、炫耀，在车轴之间飞来飞去，过着独立又美好的生活；一群流浪的小鬼在沙漠上空、在跋涉的马车周围飘飞；但是亨利，肩负着考察任务的他只是说："很严重啊，这些人的眼炎——我必须得做点什么。"她知道他说得对，他会跟传教士交代，于是她把心思从蝴蝶上收了回来，转到了自己的职责上，她决定，等他们到了亚兹德或是设拉子[1]，不管是什么地方，她都要找传教士的妻子们好好说说村里的眼炎情况，还要安排从英国再运送一批硼酸过来。

可是，不知为什么，翩翩起舞的蝴蝶在她心里始终更重要。[2]

1　亚兹德（Yezd）、设拉子（Shiraz），均为伊朗城市名。
2　薇塔在游记《德黑兰过客》（*Passenger to Teheran*，1926）中写道，在前往伊斯法罕的路上，"走了大约两个小时，这时成群的蝴蝶跟在我们周围，那些小小的影子在身旁的尘土中翩翩起舞……"。

第二部

Part Two

她的心默坐在喧闹

拥挤的大街上；

她的双手不疾不徐，

脚步也不匆忙。

——克里斯蒂娜·罗塞蒂[1]

1　出自英国女诗人克里斯蒂娜·罗塞蒂（Christina Rossetti，1830—1894）的长诗《王子历险记》（*The Prince's Progress*，1866）。

她坐在汉普斯特德晒太阳，时值夏末，南墙旁的桃子已经熟了，她手里没有活计，心里想起了和亨利订婚那天。如今，她有充分的闲暇时光，日复一日，可以回顾自己的一生，好像那是一条乡间小路，最后又变成了一幅风景画，而不是一段一段的田地或者一段一段的岁月和日子。这样她的一生就变成了一个整体，她可以窥见全貌，甚至可以选中某一块田地，在脑海里绕着再转一圈，但同时又像是从高处俯瞰，每一块都各就各位，周围用篱笆围出准确的形状，篱笆的缺口通到下一块田地。就这样，她心想，她终于可以用圆圈把自己的一生圈起来了。她慢慢地穿过这一天，就像穿过野草蔓蔓的田间小路，路两边的酸模和毛茛随风摇摆；她慢慢地走着，从早餐到就寝，随着时钟的一根指针越过另一根指针，每一个小时，对她来说又恢复了独立的特性。就是在那一天的这个时辰，她心想，我第一次提着帽子的丝带来到楼下；就是在这个时辰，他请我去花园走一走，然后和我一起坐在湖边的长椅上，告诉我说，天鹅挥一下翅膀就能把人腿打折的说法并不属实。她一边听着他说话，一边配合地注视着岸边的天鹅，天鹅竟然顺着水流漂到了他们旁边，脑袋向下一探，扭着脖子气恼地啄着胸前那丛雪白的羽毛；但她想的不只是天鹅，更多的是亨利脸颊上新长出来的胡须，但她的想法彼此交织，她不由得好奇亨利卷曲的棕色胡须是不是也像天鹅胸前的羽毛那么柔软，还差一点儿不知不觉地伸出手去摸摸看。这时，他从天鹅身上移开了视线，好像他不过是借这个话题来掩饰他的犹豫不决，接着还没等她明白过来，就看见他恳切地说了起来，他身子前倾，甚至还用手指摆弄着她裙子的荷叶边，就好像他满心焦急，又没有察觉自己的焦急，他急于在自己和她之间建立某种联系；可对她来说，从他开始恳切地说话的那一刻起，真正的联系就被切断了，她原本还想伸出手去触摸他脸颊上卷曲的胡须，就连这样的渴望也荡然无存。这些话必须说得极为恳切，这样语气中才能传达出应有的分量；这些话就像是来自某个严肃而隐秘的地方，是从他心灵深处捞起来的；这些话属于沉甸甸的成人世界——这些话刹那间就把他带走了，比老鹰用利爪抓着他飞上天空还猝不及防。他不在了。他离开了她。即使她诚心诚意地注视着他，倾听着他，她也知道，他离自己已经很远很远了。他已经进入了另一个世界，人们在那里结为夫妻，生儿育女，抚养孩子长大，使唤仆人，缴纳所得税，了解股息，在年轻人面前打哑谜，自己拿主意，想吃什么就吃什么，爱什么时候睡觉就什么时候睡觉。霍兰先生请求她陪自己一起进入那个世界。他想娶她为妻。

这显然不可能，她心里觉得，她不能接受。这个想法太荒谬了。她无法追随霍兰先生进入那个世界；也许相比别的男人，她尤其不能追随他，因为她知道他才华横溢，而且被寄予厚望，注定要肩负那种最遥不可及、最令人钦佩的未解之谜：事业。她听父亲说过，年轻的霍兰要不了多久就要出任印度总督的。这意味着她会是总督夫人，一想到这里，她不由得瞥了他一眼，仿佛一只受惊的小鹿。霍兰先生立刻按照自己的心意读懂了这个眼神，他一把将她搂在怀里，热情而又克制地吻了吻她的嘴唇。

可怜的姑娘该怎么办呢？她还没弄清楚发生了什么事，就看到母亲泪眼蒙眬地微笑着，父亲一只手搭在霍兰先生的肩上，几个妹妹叽叽喳喳地问她们是不是都可以当伴娘，而霍兰先生本人站得非常端正、非常自豪、非常安静，他微微一笑，鞠了一躬，又望向了她，即便涉世未深的她也知道，那样的表情只能用"据为己有"来形容。就这样，一瞬间，她就从原来的她变成了完全不同的另一个人。抑或她没有变？她察觉不到自己的内心有任何蜕变，能够配得上一张张喜笑颜开的面庞。她可以肯定，她感觉自己还是和以前一样。一阵惧意攫住了她，因为一下子什么事都要征求她的意见了，她急忙把决定权交还了出去。她以为用这个办法说不定就可以推迟那一刻，那之后她就千真万确、无可挽回地成为另一个人了。她可以争取一点点时间，继续偷偷地做她自己。

可是，究竟什么才是自己呢？她疑惑起来——一个老妇人在回想少女时期的自己。这种疑惑是最温柔、最感伤的思考；但这不同于忧郁；相反，它是最后的、至高无上的奢侈，是她毕生都在等待的奢侈。在死亡来临之前的宽限期里，她正好有时间可以尽情享受。毕竟，她无事可做。她有生以来第一次——不，是结婚以来第一次——无事可做。她可以背对死亡，审视人生。这期间，空气中弥漫着蜜蜂的嗡嗡声。

她看到自己是一个少女，正在湖边漫步。少女慢悠悠地迈着步子，拎着帽子晃来晃去；她若有所思地迈着步子，眼睛望着地面，一边走一边把阳伞的伞尖戳进松软的泥土里。她穿着 1860 年时兴的那种平纹细布裙子，上面装饰着荷叶边，风格柔美。她的头发烫着小卷儿，有一缕发丝散开了，轻柔地贴着脖子。一只卷毛猎犬跟在她身边，一路对着灌木丛嗅来嗅去。那样的画面就像版画中的少女和小狗，是那种感伤的纪念品。是的，那就是她，黛博拉·李，不是黛博拉·霍兰，也不是黛博拉·斯莱恩；老妇人闭上了眼睛，好能留住眼前的景象。走在湖边的少女浑然不觉，但老妇人却看到了整个青春期，就像捕捉到了一片花瓣舒展开的刹那；露珠般晶莹、彷徨、纯洁、渴望，满怀豪迈而又腼腆的冲动，像小野兔一样胆怯而又敏捷，像躲在树林间窥看的小鹿一样从容，像在舞台侧翼等待的舞者一样轻盈，像大马士革玫瑰一样柔软而芬芳，像喷泉一样欢快——是啊，这就是青春，像徘徊在未知的门槛前一样犹豫不决，却又随时准备挺起胸膛抵挡长矛。老妇人仔细地观察起来；她看到了那娇嫩的皮肤、柔弱的身段、深邃明亮的眼睛、少不更事的嘴巴、没戴戒指的手；她爱着还是少女的自己，还想听一听她说话的语气，可那个少女一直沉默不语，就像隔在一堵玻璃墙后面。她独自一个人。这种冥想般的孤独似乎就是她的本性。不管她脑海中想的是什么，可以肯定，爱情、罗曼史乃至一贯被赋予年轻人的种种情感都不在其列。如果她梦想着什么，那绝不是少年亚当。同样，斯莱恩夫人心想，我们不应该用一套唯一的观念去束缚年轻人，因为青春是丰富多彩的；青春充满了探索的希望，青春会点燃河流，让全世界的钟楼一齐敲响；要考虑的不仅有爱情，还有诸如声望、成就和天赋——这东西也许就藏在心里，敲击着胸膛，谁知道呢？我们还是赶快隐居到城堡的塔楼里，看看内心的天赋会不会崭露头角吧。但是，哎呀，斯莱恩夫人心想，1860年，一个女孩想要声望，前景可不妙啊。

斯莱恩夫人站在了一个有利位置，能看透自己少女时的内心世界。她不仅能看到脚步迟疑、走走停停、紧锁的眉头、把阳伞伞尖戳进泥土的动作、破碎的倒影随着水面颤抖地荡漾开去，还能读懂踽踽独行中的思绪。她可以分享其中的秘密和放肆。少女纤弱的外表下涌动着一股股思绪，即使对一个放荡不羁的少年来说也堪称放肆。这些想法不亚于化装出逃；更名改姓、女扮男装，在异国他乡获得自由——这些计划可以媲美一个打算奔赴大海的男孩儿。头上的发卷儿在剪刀下纷纷掉落——这时一只手悄悄地抬起来，仿佛预想着抚摸被剪得溜光的头皮；三角披肩要换成衬衫——这时手指依稀摸到了凸起的领结；裙子要永远地踢到一边——这时，那只手第一次羞涩地垂向了裤子口袋。少女的身影消失了，取而代之的是一个身材修长的少年。他是一个少年，但本质上他是一个没有性别的人，不过是青春的象征和萌发，他永远放弃了性别的乐趣和权利，去追求躁动的想象中那个看似更崇高的目标。[1]总之，十七岁那年，黛博拉立志成为一个画家。

太阳暖暖地晒着她的老骨头和墙边的桃子，渐渐西沉，躲到了一栋房子后面，她不禁微微打了个寒战，接着站起身来，把椅子挪到了依旧照着阳光的草地上。她要追忆这个逝去的梦想，最初是犹疑地诞生，随后几个月里越发笃定、不断滋长，像血液一样贯穿了四肢百骸，到最后逐渐枯萎、心灰意冷，尽管她竭尽心力想留住它。她如今看清了它的本质：那是她生命中唯一有价值的东西。现实她经历得够多了，或者说那是其他女人所谓的现实——但现在她无暇去探究那些现实，她必须紧紧抓住这个超越尘世的现实，尽可能地握在手里，它是那么坚定，单是回想起它当时给自己带来多么大的力量，她就不胜欣喜；因为她现在不仅仅是在向自己讲起它，而是再次感受它，在内心深处感受它；它就像爱那样无处不在，在爱最炽热的时候，而不是回忆中那种冷冰冰的爱的独奏。她再次燃起同样的狂喜，同样的亢奋。多么

---

1 1920 年，薇塔本人曾在伦敦、巴黎等地女扮男装，自称"朱利安"，并且从未被识破身份。她在自传中写道："我永远忘不了穿过巴黎的街道慢慢走回公寓的那些晚上，我一辈子从没有感到那么自由。"

美好啊，能活在那种狂喜的状态中！多么美好，多么艰难，多么死而无憾！就算见习期的修女也没有她那样警觉。她就像一根坚韧的钢丝，绷得紧紧的，轻轻一碰就会颤抖；她充满了无尽的创造力，仿若一位年轻的神。一幅幅画面在她脑海中纷至沓来，但每一幅画面都必须是一首华丽的抒情诗，除此之外什么都不相称。深红色的斗篷、银色的宝剑，都既不够华美，也不够纯粹，无法表达那样炽热的性情。上帝啊，她感叹道，青春的血液再次在她体内畅快地奔流，那样的一生才死而无憾！那是艺术家的生活，创造者的生活，仔细地观察，尽情地感受；放眼一望就能把细节和天际尽收眼底。她还记得，墙上的影子比映出影子的东西本身更叫她欣喜，她曾经注视着狂风暴雨的天空，注视着阳光下的郁金香，眯起眼睛，努力把这些景象和她脑海中构成图案的一切事物联系起来。

就这样，几个月里，她活得专注，活得隐秘，为自己做好准备，尽管她始终没有提起画笔，只是梦想着自己消失在遥远的未来。每当火焰一时烧得没那么旺了的时候，她就精神萎靡，感叹日常生活的百无聊赖。这些徒劳无益的短暂体验让她莫名地惊慌。每次看到火越烧越弱，她就惊恐地想，火焰熄灭了，再也烧不起来了；她只能忍受冰冷阴暗的生活。她永远也想不到它还会回来，就像韵律的花环再次向上扬起，光辉洒在她身上，如同太阳穿透云层般温暖，如同恒星般璀璨，她再次被翅膀托起，并且越飞越稳。她就过着这种大起大落的生活，一时如痴如醉，一时又消沉绝望。但她表面波澜不惊，没有露出一星火花。

也许，某种本能在告诫她，这个不合时宜的秘密不能透露给任何人，因为她很清楚，虽然父母确实对她百般宠爱，但到底不是事事依顺，这也是自然的，他们只会微笑着听她说完，再拍拍她的脑袋，两个人交换一个眼色，只差没说出来了："这就是我们漂亮的宝贝！她一遇到风度翩翩的青年，就会把这些想法抛至脑后了。"也许，她守口如瓶只是因为艺术家珍视隐私。她温顺得不得了。她会在家里帮母亲跑腿，把薰衣草择到一大块布里，再做成一个个香薰袋子塞进床被，给果酱罐子写标签，给哈巴狗梳毛，晚饭后不用催促就去拿她的十字绣。大家都羡慕她父母生了这么个大女儿，很多人已经看中了她，想让儿子娶回家。不过都说这个谦和有序的家庭还抱着一丝野心，只有那么一丝，黛博拉的父母人到中年，已是儿女满堂，比起任何世俗的享受，他们更喜欢在乡间安享天伦之乐，但对黛博拉，他们另有打算：黛博拉必须得嫁给一个品行正直之人，这不用说，但如果她能够对丈夫的事业有所帮助、有所点缀——啊，那就再好不过了。关于这件事，自然是没有对黛博拉说过只言片语。让孩子冲昏头脑可就不好了。

斯莱恩夫人又一次站起来，把椅子稍微往前挪了挪，挪到阳光照得到的地方，阴影已经蔓延开来，她觉得冷了。

那时大哥已经不在家里住了，她记得；他二十三岁了；他离开了家，年轻男子都会这么做；他到外面的世界闯荡去了。她有时好奇年轻男子在外面的世界都做些什么；她想象着他们嬉笑怒骂，来去自如，在黎明时分穿过空无一人的街道大摇大摆地回家，或者叫上一辆双轮马车驶向里士满。他们和陌生人攀谈，他们走进店铺，他们常常光顾剧院。他们都有俱乐部——好几个俱乐部。他们被隐没在阴影里的女人搭讪纠缠，可以随随便便地投入她们的怀抱，度过一个夜晚。无论他们做什么，都是那么漫不经心，那么自由自在，回家后什么也不用交代；还有，男人之间有一种惺惺相惜的气氛，因为他们同享自由，这完全不同于女性之间的惺惺相惜，她们总爱打探隐私、家长里短，多少有些龌龊。不过，即便黛博拉发觉自己和哥哥命运迥异，她也只字不提。相比他广阔的机遇和经历，她感到有些局促也是合情合理。哥哥决定日后当律师，并且得到了赞许和掌声，那么选择当画家的她为什么畏畏缩缩，不敢宣布自己的决定，只能不顾一切地暗中计划着女扮男装、离家出走呢？这其中肯定有什么说不通的地方。可每个人好像都意见一致——没有一丝异议，所以对这个问题连讨论都没有讨论：女性只有一种职业可以选择。[1]

这种共识牢不可破，从霍兰先生带着黛博拉从湖边回到母亲身边的那一刻，她就深切地体会到了。她一直是最受宠爱的孩子，不过如此热烈的赞许像一道道阳光洒向自己，这还是第一次。她脑海中浮现出那些意大利画作，画中天堂敞开，永恒的天父俯瞰众生，周围洒出一道道金色的光芒，宛如扇柄，让人忍不住伸出手指，在他慈爱的光芒下取暖，就像凑在火炉边取暖一样。此刻，无论是她的父母，还是她的世界里的其他人，都让她觉得，能和霍兰先生订婚，她是做了一桩非同寻常而又令人欣喜的善举，可以说是终于实现了对她的期许；她完成了自己的使命，并且给旁人带来了无比的满足。她突然发现自己被种种想当然包围了。想当然地，她在他面前会心花怒放，他不在

---

1 薇塔在给哈罗德的信中曾写道："女性……年轻时应该和男性一样享有自由。现在的制度腐朽可笑，简直是在欺骗自己的青春……女人和男人一样，应该让青春充满自由，以至于餍足。"（1919 年 6 月）

的时候就无精打采，她全心全意地（但又谦逊地）充当他的贤内助，她把他看作全天下最了不起的男人，而她自己则是最受眷顾的女人，并且每个人都满心怜爱地愿意迁就她的想法。大家异口同声地重复着这些想当然，连她自己都几乎信以为真了。

一切相安无事，有那么几天，她让自己沉浸在一个自欺欺人的小游戏里，幻想着自己不太费力就能脱身，毕竟她才十八岁，听到夸奖心里不免喜滋滋的，尤其夸奖她的是她所敬爱的人；但不久她就发现，无数条像蛛丝一样的细线紧紧地缠绕着她的手腕脚腕，而且每条线的另一头都牵扯着某个人的心。那是她父亲的心，还有霍兰先生的心——她知道了要叫他亨利，不过叫得还不大自在；至于她母亲的心，那就像是铁路终点站，有那么多条闪闪发光的细线从看不见的地方连着她的心——那一条条线代表了自豪、慈爱、宽慰、母亲的焦虑和女性热衷的大惊小怪。黛博拉站在那儿，受着束缚，困惑不已，不知接下来如何是好。同时，她站在那儿，感觉自己傻乎乎的，就像身上缠满了彩带的五月女王[1]，

---

1 在英国传统节日五朔节中有一项重要的庆祝活动就是选出一位少女作为五月女王并举行加冕仪式。

她发现远远地有人带着礼物来了，所有人都朝她走来，就像臣子前来进贡：亨利送的是戒指——给她戴戒指的仪式果真隆重；几个妹妹送的是她们凑钱买的梳妆包；母亲送的则是足够装备一艘帆船的布料——桌布、餐巾、毛巾（手巾和浴巾）、茶巾、厨房抹布、餐具室擦拭布、揩布，当然还有床单，展开了才发现都是成对的，并且都绣着一个字母图案，乍一看还认不出，细看之下，黛博拉才认出是"D.H."。之后，她就迷失了。她迷失在丝、缎、绸、绉的波涛泡沫之中，一群妇人跪在她旁边忙来忙去，嘴里噙着别针，她自己则按照吩咐站好，转身，弯曲胳膊，再伸直胳膊，她按照要求小心地迈出去，此时裙子垂在地上形成了一个圆圈；她得知必须忍一忍，胸衣得收得再紧一点儿，因为裙子内衬有点儿被裁小了。那时她觉得自己好像总是很疲惫，而大家为了表示爱她，就要让她更加疲惫，不仅丢给她一大堆责任，还围着她转来转去，最后弄得她不知道自己该站在原地不动，还是像个陀螺一样转个不停；时间似乎也参与了这场阴谋，不怀好意地缩短了日子，让她过得匆匆忙忙，每天都不过是雪片一般的字条、包装纸和白玫瑰，都是亨利从花店订的。但在这段时间里，还涌动着一股暗流，年长的女人们好像藏着一个秘密，不时露出一个了然的微笑、投来一道睿智的目光，因为这个秘密，必须得让黛博拉在这场柔情蜜意的风波中省下些力气，留待未来的某种更重要的责任。

没错，婚礼前的这几个星期完全献给了某种神秘的女性仪式。这是第一次，黛博拉心想，她被这么多女人包围着。这是母权的统治。地球上的男人或许已经变得微不足道了。就连亨利也没什么分量了。（但他还在，远远地，却挥之不去；就是这样吧，她心想，忒拜母亲在把女儿献祭给弥诺陶洛斯之前，也许也要弄得她这么疲惫不堪。[1]）女人们从四面八方赶来：姨妈姑姑、堂表姐妹、亲朋好友，做裙子、胸衣、帽子的裁缝，甚至还有一个年轻的法国女仆，是专门伺候黛博拉的，女仆用惊奇的目光凝视着自己的新女主人，就像众神在她身上打下了印记。在这些仪式中，黛博拉——又是一个想当然——要扮演的是一个极为复杂的角色。她应该知道这一切的意义，但又没有人向她透露这个秘密的真谛。她要接受微笑的祝福，可是又要被称为"我的小黛博拉啊"，她怀疑这句感叹里只是刚巧漏掉了"可怜"这个形容词，并且淹没在长长的拥抱中，而拥抱中的

---

1 古希腊神话中，弥诺陶洛斯是半人半牛的怪物，需要童男童女做祭品。

慈爱简直带着告别的意味。哎，真是麻烦，她心想，女人非要为婚姻这么费尽心思！可谁又能责怪她们呢？她接着想，等一个人回首往事，会发现婚姻——以及婚姻所带来的结果——就是女人一生中唯一需要费尽心思的事。尽管她们兴奋是因为别人，但也聊胜于无。她们难道不就是为着这件事，才被塑造、被穿戴、被浓妆艳抹、被教育——如果这么一种一厢情愿的事也能称为教育的话——被保护、被蒙在鼓里、被旁敲侧击、被隔绝、被压抑，只是为了等到一个既定时刻，她们可以被交出去，抑或把自己的女儿交出去，去服侍一个男人吗？

可是，究竟该怎么服侍他，黛博拉一无所知。她只知道，大家对于所谓的即将属于她的美妙机会大惊小怪，可她自己完全无动于衷。她猜想自己并没有爱上亨利，但即使是爱上了他，她也看不出为什么要因此放弃自己独立的追求。亨利爱上了她，但没有一个人建议他放弃自己的追求啊。恰恰相反，在得到她的同时，他的生活反而是锦上添花了。他可以继续和朋友们吃午餐，视察他的选区，晚上在下议院参加活动；他可以继续享受他自由、丰富、充满阳刚之气的生活，他的手指上没有戒指，他的姓氏也没有变化，表面上看不出他的身份已然不同；可每当他愿意回家的时候，她必须在等着他，并且随时准备放下她的书、报纸或者信件；不管他说什么，她必须准备好倾听；她必须招待他的政界熟人；就算是他呼唤她去天涯海角，她也必须追随。嗯，她心想，这让人想起了路得和波阿斯[1]，对亨利来说倒是喜闻乐见。他无疑会对她尽到自己的责任，他所理解的责任。在她穿针引线的时候，他会坐在她身边，深情地凝视着她低垂的头，还会说自己真是有福气，家里能有这么一个年轻可爱的妻子。尽管他贵为内阁大臣，但说这句话的时候，他和中产阶级或是工人家庭的丈夫没有两样。而她应该抬起头来望着他，如获至宝。身为总督，他地位尊贵、令人心仪，周围总有些充满野心的女人为了丈夫的事业对他甜言蜜语，但他在必要的社交礼仪之外从不逾矩，而且对她忠贞不贰，让嫉妒这条青蛇永远不会拦在她面前。他加官晋爵，看到多年来如影随形的身影戴上小冠冕，他感到由衷的自豪。但是，在这样的设想中，哪里还有一间画室的位置？

如果亨利某天晚上回来，却发现大门紧锁，那可要不

---

1 人物出自《旧约·路得记》，路得同婆婆拿娥米逃难，后嫁给波阿斯。路得同拿娥米有一段对话："不要劝我离开你，转去不跟随你。你往哪里去，我也往哪里去；你在哪里住，我也在哪里住；你的百姓就是我的百姓；你的上帝就是你的上帝。"

得。如果亨利用完了墨水或是吸墨纸，恼怒地走出房间，却得知霍兰夫人正在约见模特儿，那也要不得。如果亨利要去某个遥远的殖民地出任总督，却告诉他不幸的是绘画大师要住在伦敦，那也要不得。如果亨利想再要一个儿子，却告诉他霍兰夫人刚开始专攻某一项技巧，那也要不得。在这样一个想当然的世界里，设想她和亨利享有平等的权利，这是要不得的。婚姻并没有赋予妻子这样的特权。

但婚姻确实赋予了一些特权。黛博拉回到卧室，拿出公祷书，翻到了"婚姻礼仪"。结婚是为了生儿育女——哦，这个她知道；是一个朋友告诉她的，当时她还没来得及把耳朵捂起来。结婚是为了让妇女恋慕、体贴、忠贞、顺从丈夫，成为圣洁虔诚的主妇，永远恬静、克制、和睦。无疑，这些在某种程度上都是议会辞令，不过还是与事实不无联系。她还是忍不住要问，在这套制度中，哪里还有一间画室的位置？

亨利一向魅力十足、彬彬有礼，如今又深陷爱河，当她终于鼓起勇气问他会不会反对自己婚后学习作画时，他露出了再宽容不过的笑容。反对！他当然不会反对了。他认为一项高雅的才艺对一个女子来说最是相得益彰。"我承认，"他说，"在适合女性的才艺之中，我最喜欢的是钢琴，不过既然你有其他方面的天赋，我最亲爱的，那我们就充分发挥所长吧。"他又接着说，如果她把他们的旅行记录下来，对他们俩来说都是莫大的乐趣，他还提到了素描本子和水彩画，这样还可以给家里的朋友们展示。但黛博拉说，她所想的并不完全是这样——她说，她想画的是更严肃的东西，说这话的时候她一颗心都提到了嗓子眼——他再次露出了微笑，笑得比任何时候都温柔、宽容，还说有的是时间来考虑这件事，不过依他来看，他猜想婚后她会有很多别的事来打发日子的。

然后，果然，她感到自己被困住了，只想挣开。她非常清楚他的意思。她恨他，恨他朱庇特般的无动于衷、高高在上，恨他情真意切却又自以为是的想当然，恨他装模作样的体贴，但最恨的是自己无法责怪他。这不能怪他。他只是理所应当地接受了他有权认为是理所当然的事，从而和那些女人串通一气，共同谋划了这场阴谋，好骗走她所选择的生活。

她非常幼稚，非常犹豫，非常没把握，非常不懂事。但起码她认识到，这次谈话意义重大。她得到了答案。她再也没有提过这件事。

可她并不是女权主义者。她是一个聪慧理智的女人，不会沉溺于幻想殉难这样奢侈的行为。她和生活之间的分歧不是男人和女人之间的分歧，而是劳动者和梦想家之间的分歧。她是女人，而亨利是男人，这其实是偶然。她最多只肯承认，她是女人这个事实让情况变得困难了一些。

斯莱恩夫人这次把椅子拖到了小花园中间。热努从窗口看到了她，于是拿了一条毯子出来。"我可不能让夫人着凉。要是可怜的老爷知道夫人着了凉，他会怎么说？他一向都那么关心夫人的！"

是的，她嫁给了亨利，而亨利一直殷殷切切，生怕她着凉。他把她照顾得无微不至；她不妨实话实说，她一直过着安稳无忧的生活。（可这是她想要的吗？）无论是在英国、非洲、澳大利亚还是印度，亨利总是着意安排，尽可能地省去她的麻烦。也许他想借此来补偿她为了自己放弃独立。也许亨利——这是个怪念头！——已经不情愿地意识到了，但无论如何也不肯承认。也许他有意无意地想用一些毯子或垫子捂住她的渴望，就像哄着一颗破碎的心睡在羽毛床上。她身边总是围绕着一众仆人、秘书、侍从，他们就像船上小小的护舷，任务是避免船只狠狠地撞上码头。事实上，他们往往分外用心，出于对斯莱恩夫人的一片忠心，出于保护她、不伤害她的一片善意，因为她是那么温柔、那么勇敢、那么谦逊、那么楚楚可怜。她的柔弱唤起了男人的骑士精神，她的谦逊消除了女人的敌意，她的勇气让无论男女都深感尊敬。至于亨利本人，虽然他喜欢和胁肩谄笑的美丽女子调笑，看到亨利对她们俯首帖耳的样子，她常常心里一阵难过，但他从不觉得世界上有哪个女人能和她媲美。

此刻，她膝头裹着毯子——从某种意义上说，毯子是亨利拿给她的——忍不住想，他们之间的感情到底有多深？如今她能够冷漠地分析他们的关系，这让她有点儿心惊胆战，同时她也有些莫名其妙地回想起当年，她谋划着逃离父母，把一生献给另一种生活，尽管离经叛道，但本质上却是最严酷、最艰难的遵从本心的生活。以前，她面对的是生，似乎有理由有必要保持最清醒的思考；如今，她面对的是死，似乎再次有理由毫不回避、尽可能真实地对价值做出判断。只有中间那段生活是糊里糊涂的。

糊里糊涂，别人不会觉得是糊里糊涂。别人会说他们的婚姻是天作之合：她和亨利是天造地设的一对夫妻。他们会说，两个人谁都没有"瞧过"别人。他们会羡慕这对夫妻，因为他们共同成就了一项光荣的事业，缔造了一个令人满足、前途无量的家族。他们如今会同情她只剩下孤零零的一个人；但他们也会想，她毕竟是一个八十八岁的老妇人，已经走完了她的一生，其实没什么好同情的，她也会在余下的岁月里期待着那一天，她的丈夫——再次青春焕发，头戴花环，身着睡袍一样的衣服——站在彼岸迎接她。他们会说她的一生是幸福的。

可什么才是幸福呢？她幸福吗？"Happy"，一个造得疙里疙瘩的怪词——对整个英语世界的人来说都有一个确定的含义——一个疙里疙瘩的怪词，元音很短，两个鼓着嘴巴的"p"，末尾还有一个翘着尾巴、得意扬扬的"y"，两个音节就概括了一个人的一生。幸福。可是人前一刻还幸福，过了两分钟又觉得不幸福了，而且两种情绪都是无缘无故的。那么幸福意味着什么呢？幸福意味着——如果说真有什么含义的话，那就是某种不安的欲望，希望黑是黑、白是白；意味着在生活的恐怖丛林中，渺小的爬行生物想要在一个格式里寻求安慰。当然，一个人想起某些时刻时可以说：那时我很幸福。然后更加肯定地说：那时我不幸福——小小的罗伯特躺在棺材里，他的叙利亚奶妈泣不成声，在棺材里撒满了玫瑰花瓣；而中间还隔着大段的空白，就只是活着罢了。[1]

1　1915年，薇塔的第二个孩子胎死腹中，令她大受打击。她给丈夫写信说："哈罗德，我很伤心。我一直在想那口白色的天鹅绒棺材，里面躺着那个静静的小东西……我觉得这太残忍了，我不能不难过，我一辈子都会难过。"

非要问这些时候她是幸福还是不幸，也太荒谬了。这就好像有人在问她关于另一个人的事，并且把这个问题包裹在这样一个字眼里，和变幻莫测、难以捉摸、五光十色的人生游戏毫无关系；事实上，这也根本做不到，就像你不可能把一片湖水压缩成一个紧绷绷、硬邦邦的小球。人生就是那片湖，斯莱恩夫人心想，她坐在暖洋洋的南墙下，闻着桃子的香气；湖面水平如镜，用来映照许许多多的倒影，在阳光下金光灿灿，在月色下银辉闪烁，在云朵下幽暗阴沉，在涟漪下层层褶皱；但湖面始终水平如镜，平平整整，界限分明，无法被捏成一个紧绷绷、硬邦邦的小球，小到可以握在手里，而人们在问一个人这辈子是幸福还是不幸时，期待的正是这样的结果。

不，不该问她这样的问题——不该问任何人这样的问题。事情可不是那么简单明了的。如果他们问她爱不爱她的丈夫，她倒可以毫不犹豫地回答：爱，她爱他。她没办法区分出不同的时刻，然后说：那时，在这一刻，我爱他；那时，在这一刻，我不爱他。这是恒定的强音。她对亨利的爱就像一条笔直的黑线，贯穿了她的一生。爱让她吃了苦，受了伤，消耗了心神，但她无法绕开。她身上所有不属于亨利·霍兰的部分都在往另一个方向用力，但面对这个庞然大物般的爱，它们全都被拉了过去，就像拔河比赛中较弱的一方。她的抱负，她秘密的生活，全都屈服了。她是那么爱他，就连怨恨也淡了下去。她甚至不能因为他强加给自己的牺牲而耿耿于怀。可是，她并不像那些甘愿牺牲的女人，在她们看来，连牺牲也都不再是牺牲了。她年轻时的梦想与这样的爱情格格不入，而在她放弃梦想的时候，就知道自己放弃的是无比珍贵的东西。那是她为亨利·霍兰所做的牺牲，而亨利·霍兰始终一无所知。[1]

终于，她可以回顾他和她自己；更宝贵的是，她可以审视他，而不涉及背叛。她可以摆脱从前那种狂热的忠诚。爱的痛苦并没有在记忆中减淡。她还记得，她曾为亨利·霍兰的平安幸福而祈祷，迷信地，向她从未笃信的上帝祈祷。她带着幼稚而热切的心情，祈祷词越来越长，为着适应她的需要。"主啊，"她每晚都在祈祷，"请眷顾我心爱的亨利，守他幸福，保他平安。主啊，请让他远离种种危险，无论是疾病还是意外，请为我保护好他，我爱他胜过天堂和人间的一切。"她这样祈祷着；每天晚上，随着她

---

1 薇塔在给哈罗德的信中曾写道："我爱你胜过我自己，胜过生命，胜过我所爱的一切。我把一切都给你——就像牺牲。我是这么爱你，甚至不怨恨牺牲。"（1919 年 6 月 8 日）

的祈祷，这些字句就重新变得清晰起来；每当她低声说到"远离种种危险，无论是疾病还是意外"时，她就会看到亨利被运货马车撞倒，亨利得了肺炎吃力地呼吸，仿佛这两种灾难都真实地发生了；每当她低声说到"我爱他胜过天堂和人间的一切"时，她每晚都焦虑不安，不知道加上"天堂"是不是亵渎，会不会触怒好妒的上帝，因为宣称亨利比天堂和人间的一切都更值得她珍爱，这肯定近乎亵渎——因为天堂包含了上帝，也就是她所祈求的上帝——这种亵渎也许比她的恳求更容易上达天听？可她还是坚持这样祷告，因为不这样说就完全违背了事实。对她来说，亨利比天堂或人间的任何东西都要珍贵，珍贵得多。他甚至骗得她把他看得比自己的抱负还珍贵。她不能对上帝说出违心的话，因为上帝（如果他真的存在）肯定看透了她的心，无论她在祈祷时有没有低声说出来。那么，她不妨让自己每晚都奢侈地低声说出心里话，并且希望上帝能听到，同时希望亨利·霍兰听不到。这给了她一种安慰。祈祷之后，她就可以安心地入睡了，因为她已经确定了亨利至少在二十四个小时里会安全无虞，这是她给祈祷的效力设定的时限。她记得，守护亨利·霍兰这个宝藏可谓千难万险，即使有她暗暗地代为祈祷。他的职业生涯太过活跃，和她祈愿中那种安全无忧的生活相去太远了！她宁愿他生来就是荷兰的郁金香花农，过着有条不紊的生活，一心只在乎郁金香新种有没有授粉成功，而鸽子在柳条笼子里咕咕叫，在阳光下展翅飞翔，但事与愿违，她总是看他过着抛头露面的生活，受到炸弹的威胁，骑着大象穿过印度城市，因为仪式或是公务不得不抛下她。若是身在某个安全的首都，像是伦敦、巴黎、华盛顿，暂时不用担心他的人身安全——作为国家的伟大公仆，他在国内工作或者被派往国外执行和平的任务时，她又必须警觉地应对其他的需求：每当他一时灰心丧气时，她必须迅速察觉到他需要安慰；每当他闷闷不乐，走到她身边，伏在她的椅子上，一语不发时，只是等待着（她知道）她给予温柔的保护，像斗篷一样把他裹起来，她就绝不能直话直说；她必须让他恢复信念，让他相信政府的阻挠或是对手的反对不是出于短视就是因为嫉妒，而不是由于他自身能力不足，同时又绝不能让他知道自己猜到了他自我怀疑的情绪，否则她编织好的安慰就会毁于一旦。每当她完成了这一壮举，完成了这一极为棘手又极为坚固的重建时，当他起身离开，再次意气风发地重新投入工作时，她的双手无力地垂落，证明她已经筋疲力尽，她内心感到了一种甜蜜的空虚，仿佛她的自我已经枯竭，流进了另一个人的血管里——这时，她不断下沉，被水淹没，她不知道自己是不是偷偷触摸到了狂喜的巅峰。

然而，即使是这样，即使是承认了她的爱，回想起那些不易察觉的爱的要求，但这样大而化之的概括还是让她心有不甘。她爱过，这种说法虽然无可争议，但仍包含着无限复杂的内容。那个爱过的她，那个"我"，究竟是谁？还有亨利，他又是谁，是什么？是受时间和死亡威胁的一副皮囊，只因那真实存在的威胁而显得更加珍贵？抑或他那副皮囊仅仅是某种可以触摸的投影，某种象征，而并非真正的自己？在躯壳的象征之下，无论是他还是她，无疑隐藏着某个可以称为自我的东西。但是，这个自我难以捉摸；声音、姓名、外表、职业、处境，这些过于熟悉的装饰遮盖了自我，甚至对自我的短暂感知也变得迟钝，变得模糊。而且自我也有许多个。和他在一起的自我绝不是她独处时的自我；即使是她所追求的那个孑然一身的自我，也会在她靠近时改变、转化、消融，她永远无法将这个自我逼到一个黑暗的角落，然后像夜间出没的盗匪那样，把它按在墙上，掐住它的咽喉，追赶着自我坚硬的本心逃进一条死胡同。包裹思想的词句也不过只是假象；任何一个字眼都不是独立的，不同于石柱或是树干，而是立即像热带植物一般恣意滋长，生出相互缠结的联想意义；事实，仿佛和自我一样难以捉摸，一样枝繁叶茂。只有在无言的恍惚中，才有可能产生真正的理解，这种无言的恍惚中只有纯粹的感觉，是摆脱了肉体的状态，在这种状态中，除了指尖微微刺痛，身体已经不复存在，脑海中一幅幅画面纷至沓来，没有名字，无关语言。她猜想，在这种状态中，她才最接近隐藏在身体里的自我，但这种状态和亨利毫无关系。这是不是她退而求其次接纳爱情的原因？因为爱的痛苦给她带来了触及自我的错觉？

　　说到底，她是个女人。当艺术家的理想化为乌有时，还有别的办法能带来成就感吗？说到底，"女人应该服侍男人"这种普遍观念真的有几分道理吗？难道世代相传的观念是对的，个人的挣扎错了？她做出对亨利事事顺从的样子，也许蕴含着某种美好、积极，甚至是富有创造性的东西？她像走钢丝一样维系着和亨利的关系，岌岌可危，摇摇欲坠，不就像创作一幅画一样吗？难道她不能像看待风景中的蓝紫色阴影那样，看待他们生活中的浓淡明暗，就这样界定它们的关系，赋予它们价值，从而把它们变成美吗？这不也是专属于女性的成就吗？这是只有女性才能成就的，是荣幸、特权，不容轻视？她心中的女性特质异口同声地回答：是的！心中的艺术家却齐声反驳：不是！

话又说回来，奉行新教精神的女性[1]是不是从这个世界上夺走了一些可怜的、残存的魔法，夺走了一些纵使愚蠢，但不乏美好的幻觉？这一次，她心中的女性和艺术家做出了同样的回答：是的。

她想起了曾经认识的一对年轻夫妇——丈夫是驻巴黎大使馆的秘书，他们非常年轻——总是毕恭毕敬地接待大使夫人的到访。她知道夫妻俩喜爱她，同时她又总觉得她的来访是一种打扰。她觉得他们是那么相爱，被偷走了半个小时的相处时光都会满心怨愤。而她呢，一方面把看望他们当作苦差事，一方面又被他们吸引着，一半是出于喜爱，一半是看到他们的婚姻会让她产生一种殉难之感。"他造男造女。"[2]离开的时候她总是这样自言自语。有几次，离开的时候，她感到自己和亨利的关系是那么虚假，生活的负担变得太过沉重，她真恨不得自己死了。这不是说说而已，她真心是这么

---

1 新教提倡女性在社会中的作用，尤其是在婚姻家庭中作为贤妻良母的作用。

2 出自《旧约·创世记》第五章，"他造男造女。在他们被造的日子，上帝赐福给他们，称他们为人。"

想的。她天性诚实，这种虚假的生活让她不堪重负。她有时渴望也能拥有这种简单、自然、真实的关系，就像那对非常无趣但令人愉快的年轻夫妻。她嫉妒亚历克，他能站在炉火前，一边叮叮当当地把玩口袋里的硬币，一边望着蜷在沙发一角的妻子。她嫉妒玛奇，她能无条件地接受亚历克的一言一行。然而，在嫉妒之中，也有一些东西让她气恼：这种不堪忍受的老爷气派，这种可怜兮兮的温良恭俭。

那么，真相到底在哪里？亨利借着爱情的蛊惑骗走了她所选择的生活，又给了她另一种生活，这是一种充实的生活，如果她喜欢，可以去接触更广阔的世界；或者，她也可以紧紧守着她的育儿室。他拿走了她自己的生活，取而代之的是他的生活及其兴趣，或者孩子们的生活及其未来。他认定了她可以沉浸在两种生活中，或者任选其一，并获得同样的快乐。他从来没有想过，她可能更喜欢单纯地做她自己。

一部分的她已经默许了。她记得自己默许了这样一种想当然：她应该把自己投入到孩子们的生活中，尤其是几个儿子，就好像他们的生命远比她自己的生命重要，她不过是创造他们的工具，并在他们弱小无助的几年里为他们遮风挡雨。她还记得凯出生的时候。她想让他叫凯，因为就在他出生前，她正在读马洛里的书[1]。在此之前，她的几个儿子都自然而然继承了家族的名字——赫伯特、查尔斯、罗伯特、威廉——但生到第五个儿子的时候，不知是出于什么原因，亨利询问了她的想法，她提了凯这个名字，而亨利没有反对。他心情很好，说："你喜欢就好。"她记得，尽管她当时身体虚弱，但也很感激亨利的宽容大度。她低头看着小婴儿皱巴巴的红脸蛋儿——虽然这时候她已经看惯了皱巴巴的红脸蛋儿，已经重复六次了——她意识到了自己的责任，她把这个小生命带到人世，给他取了一个无法自己选择的名字，就像战舰下水一样，只不过她要应付的不是枪架、甲板、大炮，而是神奇的骨肉和大脑。让一个孩子叫凯公平吗？一个名字，一个标签，不断施加着无形的压力。据说名字会影响一个人的一生。但无论如何，凯并没有长成一个浪漫过头的人，不过也不能说他像他的哥哥姐姐。

但在所有的孩子中，只有凯和伊迪丝在性格上随了母亲——凯对星盘的执迷，伊迪丝的糊涂劲儿。卡丽，典型的，是最不用母亲操心的；卡丽全靠自己摸索着来到了这个

---

1 托马斯·马洛里（Sir Thomas Malory，约 1415—1471），英国作家，代表作为《亚瑟王之死》（Le Morte d'Arthur）。凯是亚瑟王的圆桌骑士之一，是亚瑟王的义兄和重要家臣。

世界。赫伯特是长子，他的到来既隆重又艰难。威廉小时候小气自私，沉默寡言，长了一双小眼睛；他还很贪婪，好像铁了心要榨干她的乳汁，而如今，他和他志同道合的妻子拉维妮娅铁了心要榨干当地牛奶厂里的好处。查尔斯来的时候就爱闹脾气，一如现在，只不过他那时还对陆军部一无所知。伊迪丝刚生下来时打了几下才正常呼吸；她无论在人生的起点还是终点都没能很好地驾驭生活。但无论如何，只有凯和伊迪丝让她感到了一丝难以言喻的同情。其余那几个孩子都是亨利的孩子，只是他的精力在孩子们身上走了样。然而，在孩子们还是婴儿的时候——那么小，那么弱，或者说太小太弱，要是没有人扶着他们软软的脑袋，他们根本没办法安全地坐起来——她总想弥补自己不复存在的独立性，所以刻意盼望着有一天，宝宝的囟门能够完全闭合，头顶上不再有让人心惊肉跳的明显的脉搏跳动；他们的生命不再如此脆弱不堪；奶妈不在的时候，她在摇篮前弯腰查看时不必再害怕他们没了呼吸。她曾试着期待有一天，他们会形成自己的性格；他们会和父母有不一样的观点，他们会为自己做计划和安排。但即便是这种心情也受到了挫折，化为乌有。一次她和亨利一起站在小床边，看着安睡的赫伯特，她说："等赫伯特上了学给我们写信的时候，我们该有多高兴啊。"

亨利不爱听这话，她马上就明白了他的不以为然。亨利觉得，所有合格的女人都应该希望自己的孩子茫然无助，并惋惜他们开始长大的那一天。襁褓好过长袍，长袍好过灯笼裤，灯笼裤又好过长裤。亨利对女人和为人母抱着明确的男性观念。尽管他暗暗为自己苗壮成长的小儿子们感到骄傲，但他就连自己都欺骗，假装关心他们的成长纯粹是母亲的责任。于是，她自然而然地努力接纳这些观念。赫伯特两岁的时候就被卡丽取而代之，卡丽一岁就被查尔斯夺了权。因为这是她该有的想法：最小的宝宝才是她正牌的心肝宝贝。但这些没有一分是她真实的想法。她始终知道，无论是孩子的自我还是亨利的自我，甚至她自己的自我，都和她相去甚远。

一个惊世骇俗的想法突然出现在她的脑海中。"要是我没有结婚就好了……要是我没有孩子就好了。"可是她爱亨利——爱得痛苦，也爱她的孩子——爱得感伤。她编织着孩子们未来的图景，还在亲密无间、心情阔达的时刻向亨利倾诉过。她说，赫伯特会从政，因为他（十二岁的时候）不是问过她当地政府的问题吗？还有凯，四岁的时候就央求她带自己去看泰姬陵。亨利迁就了这些异想天开的想法，殊不知其实是她在迁就他。

但这一切都不值一提，真正驱使她走上那条荆棘丛生的道路的，是亨利的抱负。亨利的世界观和她自己的世界观背道而驰。现实主义者和理想主义者，他们分别站在各自观点的两端，不同的是，亨利不必讳言自己的信条，而她必须保护自己的信仰，免得受到羞辱和嘲笑。然而，困惑再次席卷了她。有时她能体会到亨利对那场大博弈的兴奋感；有时艺术家私密、特别、强烈而美好的情感——她错过了亲身体验，却依旧痛苦地在想象中渴望着这种理想的生活——相比帝国、政治和男人之间的钩心斗角，似乎显得贫乏、自私、矫揉造作。有时她于情于理都可以理解亨利渴望身体力行的生活，尽管她自己渴望沉思默想的生活。他们的世界一分为二，两个人分成了两半。

第三部

Part Three

我们的生活已了无生气；

死神自己，踏上朝圣之路，

蹒跚着走上第一段短途。

——克里斯蒂娜·罗塞蒂[1]

1 出自《晚年：双倍的十四行诗》(*Later Life: A Double Sonnet of Sonnets*)
第 26 首,《这一生尽是麻木》(*This Life Is Full of Numbness*)。

夏天过去了，十月的天气对斯莱恩夫人来说嫌冷，她不能继续坐在花园里了。想去透透气的话，她只有出去散步，热努会给她裹上厚厚的斗篷和皮草，再把她送到门口，确保她出去的路上不会偷偷把哪件衣服丢在门厅里。看着热努从柜子里抽出一件又一件的衣服，斯莱恩夫人有时候忍不住埋怨："可是热努，你把我穿得像个破包袱了。"热努一边把最后一件斗篷紧紧地裹在她肩头，一边回答说："夫人那么优雅，怎么穿都不会像破包袱的。""你还记得吗，热努，"斯莱恩夫人说着戴上了手套，"以前你总想让我穿着羊毛袜去赴宴？"这话属实。天一冷，热努就不情愿用丝袜搭配女主人的晚礼服；就算好说歹说之后拿出了丝袜，她还是巴望着夫人能把羊毛袜套在里面。"为什么不穿呢，夫人？"热努明智地说，"现在这种天气，各位夫人，甚至还有年轻小姐们，都穿着合宜的长裙，里面还要配衬裙。干吗让自己感冒呢？脚踝又不会露出来。要是晚上格外冷，夫人不还是要穿着连体衣去赴宴吗？这就是一回事嘛。"她陪着斯莱恩夫人下楼，一直这么喋喋不休，因为自从离开榆园花园和一家子脸冷嘴严的英国仆人后，她就敞开了话匣子。她跟在斯莱恩夫人身边说个不停，半是责备，半是心疼。"夫人一向不懂得照顾自己。最好还是听老热努的话吧。十月初这几天最难缠了。你还来不及喊当心就倒下了。夫人这个岁数可不能任性啊。""热努，你可别早早地就把我埋了啊。"斯莱恩夫人说，她抛下了英式作风，也抛下了悲观主义。

她小心翼翼地迈下台阶，夜里下过霜，台阶可能很滑。她知道，热努会一直目送她，直到看不见，所以走到拐角的地方她必须转过身来挥挥手。要是她忘了转身，热努会伤心的。不过，这个动作也不能让热努安心；除非她把裹得严严实实的老妇人迎进安全的房子里，否则就一直闷闷不乐；把她拉进屋里，帮她脱掉靴子，给她拿来拖鞋，兴许再给她端来一盅热汤，把她的斗篷收起来，让她坐在起居室的炉火旁看书。然而，热努尽管格言俗语不离口，却是一个乐天知命的老人家，有一肚子健朗的乡下人智慧。（她也向斯莱恩夫人挥挥手，斯莱恩夫人配合地转身之后，绕过拐角，慢慢地朝荒野[1]去了。）之后她就回到厨房，一边忙着收拾锅碗

---

1 指汉普斯特德荒野（Hampstead Heath），伦敦公园。

瓢盆，一边和猫咪说话。斯莱恩夫人常常听到她和猫说话：
"过来，小家伙。"她会这么说，"晚餐很丰盛，瞧，这都是
给你的。"——她的想法是英国的动物只听得懂英语，有一
次，她听到古拉哈克[1]周围传来豺狼的吠叫，就对斯莱恩夫
人说："还真有意思，夫人，你一下子就能听出来，这些不
是英国豺狼。"不错，她和热努现在享受着不疾不徐的生活，
斯莱恩夫人一边慢慢地沿着山坡走向荒野一边想；她和热
努，过着不受干扰、亲密无间的生活，把她们绑在一起的是
感恩和忠心，还有心照不宣的猜测：她们哪一个先离开对
方。每次送走了偶尔登门的客人，关上前门之后，她们都会
对不速之客的离去产生一种如释重负的感觉。规律的生活正
合她们的心意——说起来，以她们的精力也只能应付这些
了。她们俩都很容易疲惫，只是谁都不肯向对方承认。

幸好，很少有不速之客到访。起初斯莱恩夫人的几个子
女还会来探望，轮流地过来尽义务，不过大多数都明明白白
地向母亲表示，到汉普斯特德这么远的地方来一趟极为不
便，因此她觉得，叫他们省了这个麻烦正是合情合理，除了

---

1 古拉哈克（Gulahek），意为玫瑰盛开之地，英国驻德黑兰的公使馆属
  地。1925—1927 年，哈罗德任英国驻德黑兰代办，其间，薇塔两次
  前往波斯并著有游记。

隔三岔五地过来一次，大家都顺从了她的意思。斯莱恩夫人没那么笨，她想象得出他们为求心安彼此说了些什么："算了，我们当时让母亲跟我们住来着……"只有伊迪丝一个人有意常来，用她自己的话说，过来"帮忙"。不过伊迪丝如今在自己的公寓里过得惬意极了，所以她很容易就想通了，母亲其实并不需要她。凯是有一段时间没来见她了。上次来的时候，他好一阵局促不安、支支吾吾，然后说他有个朋友，叫老菲茨乔治，想来拜访她。"他好像说，"凯一边捅炉火一边说，"他在印度见过你。""在印度？"斯莱恩夫人含糊地说，"很有可能，亲爱的，但我记不起这个名字了。看吧，来的人太多了。午宴上常常能坐二十个人。你帮我谢绝他的好意吧，行吗，凯？我不想失礼，但不知为什么，我好像对见生人没什么兴趣了。"

凯想问母亲，菲茨说他在摇篮里见过自己是什么意思。他这次来汉普斯特德，其实就是想弄清这个谜。但是不用说，他最终还是没有问出口。

不见重孙辈。他们不准来。孙辈的不算数，他们无足轻重，就像不远不近的距离。但重孙辈可不是无足轻重的，他们容易让人心烦，所以不准来。斯莱恩夫人立下了这条规矩；好脾气的人有时候会突然地异常坚决。巴克陀特先生是唯一一位常客，他每星期都过来喝茶，总是星期二。不过和巴克陀特先生相处不会让她觉得疲惫，两个人坐在火炉两侧，不用点灯，巴克陀特先生说起话来滔滔不绝，就像潺潺的溪水，而斯莱恩夫人或听或不听，全凭心情。

　　同时，荒野上景色秀丽，褐色的树木衬着碧蓝的天际。斯莱恩夫人在长椅上坐下来休息。几个小男孩儿在放风筝；他们扯着风筝线跑过草地，最后风筝像一只笨拙的小鸟，拖着脏兮兮的尾巴飞上了天空。斯莱恩夫人想起了另一群放风筝的小男孩儿，那是在中国。如今，异国的记忆和英国的现实经常在她的脑海中跳交叉舞，相互交织重叠，有时候她忍不住怀疑自己是不是有点儿记忆错乱，因为两种印象都近在眼前，并且同时出现。她是和亨利一起坐在北京附近的山坡上，马夫恭恭敬敬地在不远处牵着他们的马遛来遛去；抑或是她一个人，老态龙钟，一身黑衣，在汉普斯特德荒野的长椅上休息？好在伦敦的烟囱帽让她定下心来。毫无疑问，这些小男孩儿都是穿着破旧衣服的伦敦孩子，而不是精灵般穿着蓝棉袄的顽童；她在硬邦邦的长椅上微微换了个姿势，患了风湿的四肢略感僵硬，这完全不同于和亨利在焦黑的山坡上驰骋时那副年轻健康的身体。她隐约地摸索着，想唤醒那种身强体健的感觉。她发现自己办不到。一个内心的声音尽职尽责地召唤着过去，就像一段古老的旋律若有若无地飘在记忆的边缘，用语言为她再现了那种感觉，却没能在她迟钝而年迈的身体上唤醒任何反应。她此时徒劳地告诉自己，一个夏日的清晨，她一觉醒来就渴望跳下床奔向门外，只因为她体内充满了生气勃勃的活力。她徒劳地尝试着，再小心不过地，想重温期待中的那一刻——他们结束了公务——她在黑暗中转过身，投入亨利的怀抱。如今只剩下言语，没有现实。唯一能触及现实的就是她和热努规律的生活，还有生活中微小的乐趣——送货的在后门按响门铃，穆迪图书馆寄来一包书，商量巴克陀特先生星期二来喝茶时该买松饼还是小圆烤饼，得知卡丽要来所以焦虑不安；另外还有越来越多的各种病痛，她已经渐渐地与之产生了感情。事实上，身体已经成了她的同伴，成了她持续不断的心事；身体上的种种小毛病，只有她自己知道，年轻的时候无足轻重，不当一回事，但到了老年就占据了主宰地位，并一举实现了一直叫嚣的暴政。不过，这样的暴政反倒宜人而有趣。一阵微微的腰痛让她小心翼翼地从椅子上站了起来，并想起那次在内尔维[1]扭了腰，打那以后，腰就时常跟她作对。她知道每颗牙

---

1 内尔维（Nervi），位于意大利北部热那亚的旅游胜地。

的细微差别，所以吃饭时小心翼翼，嚼东西总用一边，避免用另一边。她本能地勾起了一根手指——左手中指——免得神经炎发作。因为一处内生的脚指甲，热努用鞋拔的时候格外小心翼翼。这些身体部位尤其成了她的专属：我的腰、我的牙、我的手指、我的脚趾；还有热努，只有她明白夫人跌坐在椅子里时突然惊呼一声是什么意思，她和热努之间的联系是那么强烈，简直就像一对恋人，那是只属于两个人的身体的亲密。她如今的生活就是这些小事：和热努聊天，关注自己日渐衰弱的身体，巴克陀特先生的殷勤和每星期的到访，下过霜的早晨和荒野上放风筝的小男孩带给她的快乐，甚至还有担心踩在门口落了霜的台阶上滑倒，因为她知道，人老了骨头都是脆的。所有这些琐碎的东西，这些琐碎到叫人不屑的东西，也都变得高贵起来，只因为那个庞大的背景——死亡的衬托。有些意大利油画中的树木——杨树、柳树、桤木——叶子都是一片一片的，边缘完整，叶脉清晰，映衬着半透明的绿色天空。她现在生活中的琐事也是如此，就像那些秀美的叶子：因为和灿烂的永恒比肩而立，所以摆脱了渺小。

她不由得兴高采烈，她逃离了显而易见的平庸，逃离了求全责备的生活，她想到等待她的只剩下那个至高无上的冒险，而其余的冒险不过是为这一次冒险做准备而已。

然而，她失算了，她忘了生活充满了无尽的意外，即便是临近终点。那天下午，她走进家门，看到门厅桌子上放着一顶形状奇特的方形男帽，热努激动地冲她耳语："夫人！有位先生到访……我对他说夫人不在，可这位先生不理会……他在客厅里等着。要上茶吗？——夫人快把鞋子脱了吧？免得沾上潮气。"

斯莱恩夫人回想着自己什么时候见过菲茨乔治先生，菲茨乔治先生也回想着自己见到斯莱恩夫人的情景。他一直等着凯带他来拜访，左等右等都没有下文，最后自作主张，独自登门了。尽管身家数百万，他一向小气，来汉普斯特德坐的是地铁，出站之后一路走过来；他在斯莱恩夫人的房子前驻足片刻，用鉴赏家的眼光欣赏着端庄的乔治时期建筑[1]。"啊，"他满意地自言自语，"房子的女主人有品位。"但他很快就发现自己想错了。他不顾热努的阻拦闯进了门厅，这才发现斯莱恩夫人根本没有品位。说来也奇怪，他倒更高兴

---

1 指英国国王乔治一世至乔治四世在位时期（1714—1830），建筑风格强调结构对称，最典型的建筑是联排住宅。

了。热努不情愿地请他进了客厅，房间布置得简单而舒适。"扶手椅、印花棉布，光线也恰到好处。"他一边嘀咕，一边四处张望。想到能再次见到斯莱恩夫人，他格外触动。但等到她进来的时候，很明显，她一点儿也不记得他了。她客气地和他寒暄，全然是总督夫人的气派；她对自己有失远迎表示歉意，又请他坐，说凯之前提过他，说茶马上就来；但她明显猜不透他有何贵干。也许她在猜测他是想为她丈夫写传记？菲茨乔治先生想到这里，突然呵呵笑了，这在女主人看来，着实莫名其妙。他一时无法解释，半个多世纪前，在加尔各答，让他浮想联翩的并非总督，而是总督夫人。

事已至此，他不得不解释说，他年轻的时候曾怀揣介绍信到总督府来拜访，随后主人客套地请他留下来用餐。菲茨乔治先生倒是毫不难堪；他全然不懂得这些社交法则。他很干脆地说起了自己的身世，毫不避讳。"是这样的，"他说，"我当时是个名不见经传的年轻人，从没见过的父亲给我留了一大笔财产，他的遗愿是让我去环游世界。我自然乐于得到这样的机会。别人的愿望和自己的愿望不谋而合，何乐而不为呢？那几个律师，也就是我的监护人，"他干巴巴地补充了一句，"称赞我爽快，愿意完成这份遗愿。他们都是些守在林肯律师会馆发霉的老顽固，在他们看来，一个年轻人能听从父亲的建议，离开伦敦前往遥远的东方，那可真是个孝子了。我估计他们觉得沙夫茨伯里大街[1]的剧院后台入口要远比广州的集市吸引人吧。哼，他们错了。斯莱恩夫人，我如今收藏的珍品里，有一半都得益于六十年前的那次世界之旅。"

看得出，斯莱恩夫人从没听说过他的收藏。她如实说了。他听了很高兴，就像他发现她没有品位时一样高兴。

"好极了，斯莱恩夫人！我的藏品呢，据我估计，论价值起码是尤摩弗帕勒斯[2]的两倍，论名气也是他的两倍——不过我不妨补充一句，我只花了现价的百分之一。而且和大多数专家不一样，我从来没有忽略美感。绝无仅有、奇珍异宝、年代久远，在我看来都还不够。我一定要有美感，要么起码技艺精湛。我的想法是有道理的。如今，在我的藏品中，随便一件放在任何一家博物馆里都是镇馆之宝。"

斯莱恩夫人对这些东西一无所知，不过他这种孩子气的自夸让她忍不住想笑。她鼓励他说下去；这个不通世故、喋喋不休的老头子，这个酷爱美丽物件的收藏家，出其不意地

---

1 沙夫茨伯里大街（Shaftesbury Avenue），位于伦敦西区。
2 乔治·尤摩弗帕勒斯（George Eumorfopoulos，1863—1939），希腊裔英国收藏家，收藏有大量中国文物。

闯到她家里，此刻就坐在她的炉火旁，自吹自擂，忘了加尔各答的晚宴，忘了他和凯的友情，其实单是这一点就可以解释他的不请自来。从一开始，她就觉得他有一种遗世独立的气质。他无父无母，没有正当的姓氏，完完全全就只是他自己，在她眼中，这一点就赋予了他某种传奇般的魅力。她一生中见惯了把世俗地位视为通行证的人。菲茨乔治先生没有这样一张通行证；就连他的财富也不能算作通行证，因为他是个出了名的吝啬鬼，想捞好处的人哪怕再信心百倍，一瞬间满腔希望也会化为乌有。说来奇怪，他的贪婪并没有让斯莱恩夫人觉得反感，因为这和她儿子威廉不一样。威廉和拉维妮娅是鬼鬼祟祟地贪小便宜；他们不能不抠门儿，因为一毛不拔的精神早已渗透进他们的血液——她记得他们订婚的时候自己就在想，这是他们之间真正的共鸣——可他们不愿承认这一点，总是极力掩饰。菲茨乔治先生则大肆暴露自己的缺点，毫无顾忌。斯莱恩夫人喜欢这种人，他们不羞于承认自己的缺点。她鄙视一切道貌岸然的伪装。因此，听到菲茨乔治先生说他舍不得花钱，只有在无法抗拒美的诱惑时才忍痛割舍，并且只能以砍价的条件安慰自己，她由衷地笑了，并且由衷地向他表示敬意。他从炉火对面看向她。她注意到，他那件外套破旧不堪。"我记得，"他说，"你在加尔各答就取笑过我。"

加尔各答的事他好像记得很多。"斯莱恩夫人，"他听她称赞自己记性过人，却岔开了话题，"你尚未注意到吗？年龄越大，年轻时候的回忆就越清晰。"一个小小的"尚未"又让她忍不住笑了：他在对她演一出戏，一个男人假意称赞一个女人依旧风华正茂。她八十八岁了，但男女之间的发条仍然上满了，像眼镜蛇一般盘绕着。她已经有多少年没有感觉过这样的心跳了；这种感觉就像出其不意地复苏，一丝火光，一次再会，奇异地撩拨着她，唤醒了一段回响，可她却记不清具体的旋律。她以前真的见过菲茨乔治吗？抑或只是他淡淡的、老派的殷勤唤醒了她多年前模糊的记忆，那时每个男人注视她的目光中都透着仰慕？不管究竟是什么，他的出现让她心生不安，但她不能欺骗自己说这种忐忑的心情令她不悦，因为她感到了愉快，而且还有他看着她的眼神，目光中的意思是只要他愿意，他就可以向她解释。他离开之后，整整一个晚上，她就坐在炉火旁，忘了她手里的书，思索着，努力回忆着，想伸手去触摸那个若即若离的东西，它就躲在拐角，偏偏够不着。有什么东西敲打着她的心，就像铃舌敲打着废弃尖塔上的一口破钟。山谷里没有钟鸣回荡，但尖塔里却簌簌颤动，惊扰了巢中的椋鸟，震得蛛网微微抖动。

第二天早上，不用说，她讪笑起前一晚的心情。她是哪里不对劲，怎么一下子多愁善感起来了？整整两个小时，她竟然做起了少女的白日梦！是菲茨乔治不对，他不该这么闯进她家里，不该在她的炉火旁坐下，理所应当似的，不该讲起往事，不该打趣总督夫人年轻时的气派，不该用那种欲言又止的表情看着她，不该略带嘲讽、略带殷勤、全然仰慕，并且暗暗地心潮澎湃。虽然他表面上不露声色，但她知道，这次来访对他来说并非无关紧要。她好奇他还会不会再来。

要是那位先生再来，热努问，要不要让他进门？下一次她就有准备了；不能由着他把自己当成昨天的报纸一样不加理会，径直走进门厅，把他那顶滑稽的小帽子往桌子上一放。"哟，我的天哪，夫人，那顶帽子可太滑稽了！"她笑得弯下腰，两只手按着大腿一路往下滑。斯莱恩夫人喜欢热努这一点，凡是她觉得好笑的东西，她总是全心全意地沉浸其中。她附和着对菲茨乔治先生的帽子微微一笑。他从哪儿弄来这么一顶帽子？热努问，我在店铺里可从没见过这样的帽子。是他特意给自己量身定做的吗？还有他那条围巾——夫人看见了吗？全是格子，像个马倌。"怪人一个。"热努睿智地下了结论；不过她不像那些英国仆人，他们除了取笑菲茨乔治先生，对他再没有兴趣，而她还想知道他的事。怪可怜的，她说，像他这样——年纪大了，还孤单单的。他一直没结婚吗？他看起来不像是结过婚的。她跟在斯莱恩夫人身后，想打听斯莱恩夫人也无从知晓的消息。他泡茶泡得不错，热努说，她注意到他的外套破破烂烂，看来是穷得厉害："我赶紧跑出去，在街角追上了卖松饼的。"听到斯莱恩夫人干巴巴地说，据她所知，菲茨乔治先生是个百万富翁，热努一脸失望。"百万富翁！还穿成这样！"热努怎么也想不通。不过到底该怎么办？她追问。下次要让他进门吗，还是把他拒之门外？

斯莱恩夫人说她猜菲茨乔治先生不会再来了，但就在她说出这句话的时候，她发觉自己撒了谎，因为菲茨乔治先生告辞的时候握着她的手，请求她答应允许他下次再来拜访。她为什么要对热努撒谎？"好，让他进门吧。"她说着转过身，朝起居室走去。

如今有三个人了，三位老先生——巴克陀特先生、戈谢伦先生和菲茨乔治先生。很有趣的三重奏——一个中介，一个建筑工人，加一个鉴赏家！都是老态龙钟，个性古怪，并且不谙世事。说来奇怪，她从前的生活竟全部离她而去——她的活动、她的子女还有亨利——并且在终点之前的这样一段小插曲中被全新的生活彻底取而代之，结识这样叫人称心的人物！她猜想这完全是她自己创造的，只是想象不出自己是怎么做到的。"也许，"她大声说，"人最终总会得偿所愿的。"她抽出一本旧书，随便翻开一页读了起来：

停止你的誓言，停止你的豪言壮语，

停止你的浮华，停止你的贪慕虚荣。

停止你的仇恨，停止你的亵渎，

停止你的恶意，停止你的嫉妒，

停止你的愤怒，停止你的淫荡。

停止你的诡计，停止你的欺骗，

停止你的口舌，不再诽谤诬陷。

真是不可思议，前人早就说出了她的心声——她看了看出版日期——1493 年？[1]

她接着读下一段诗：

1 引文出自 15 世纪的年鉴《牧人月历》(*The Kalender of Shepherds*)，由法语译为英语。

远离肮脏堕落、虚伪善变，

远离曲意逢迎、满口公道，

远离虚情假意、巴结讨好，

远离撒谎成性的伙伴，

远离固执己见、癫狂的嘴脸。

远离可笑的幻想，远离愚人的谬误，

远离信口胡诌，假意谄媚阿谀。

这些她通通都远离了，除了可笑的幻想；她的三位老先生就是可笑的幻想——是可笑的妙想，她微笑着更正。至于浮华、虚荣和诽谤诬陷的口舌，这些东西再也不会登堂入室，除非卡丽裹着一阵寒风把它们带进来。接着她发觉自己竟欣然接纳了菲茨乔治先生，还把他也视为知己：不过只是临别时的一句客套话罢了，她凭什么觉得他会再次登门呢？

他再次登门了，她听到热努在门厅里欢迎他，像见到老朋友一样。是的，夫人在家；是的，夫人说她随时恭候先生。斯莱恩夫人听在耳朵里，暗暗希望热努不要把自己说得这么热情好客。她如今完全拿不定主意，弄不清自己高不高兴菲茨乔治先生来打扰她的清净。她必须让凯给他提个醒。

与此同时，她接待了他，她裹着柔软的黑裙站起身，向他伸出手，脸上露出了他记忆中的微笑。她这么做有何不可？说到底，他们是两个老人，年逾古稀的老人，老得无时无刻不在感知着衰老，老得像两只猫一样喜欢坐在火炉两边取暖，伸出几乎透明的手，欣赏透过来的粉红色火焰，同时任由谈话时断时续。斯莱恩夫人这一辈子都让人觉得，你高兴说话就说，不想说也不必强求——这也是亨利·霍兰当初决定娶她的一个原因。她天性喜静，所以她理解别人也享受安静。亨利·霍兰说过，安静而不沉闷的女人屈指可数，说话又不无聊的女人更是少之又少；不过，亨利·霍兰虽然喜欢女人的陪伴，但往往瞧不起她们，唯一让他称心的只有自己的妻子。菲茨乔治可以说是绝顶聪明了，他在加尔各答的时候就察觉了这一点，天知道，总督身边不乏姿色出众又能说会道的女人，他对每一个都表现得无微不至、心无二用，弄得她们一个个都受宠若惊。

谢天谢地，菲茨乔治先生心想，她没有品位。他最讨厌那些女人自诩品位高雅，能理解他的鉴赏眼光。这两样东西根本没有关系——"摆设"和真正的美。他收藏的艺术品和那些品位高雅的女人精致的室内装饰属于两个不同的世界。

他看了看斯莱恩夫人的粉红色灯罩和土耳其地毯，眼神简直温柔起来。如果想欣赏美，只要把目光停留在她身上就可以了，她是那么优雅、苍老、美好，就像一件牙雕；她坐到椅子上的动作宛如行云流水，她的四肢是那么轻盈柔美，火光在她的面孔和洁白如雪的头发上映出一抹酡红。青春的美无法和苍老的容颜相提并论；青春的面庞是一张白纸。青春永远不可能像她那样静静地坐着，气定神闲，好像所有的匆忙、所有的动作都已经终了，只剩下等待和默许。他庆幸自己没有见过中年的她，这样他的记忆里就永远是她年轻、活泼、热情洋溢的样子，如今再用她眼前的形象给故事画上句点。是同一个女人，但他不知道中间发生了什么。

他发觉自己已经足有五分钟没有说话了。斯莱恩夫人好像忘了他还在。不过她并没有睡着，因为她正静静地望着炉火，双手像平常那样安闲，脚搭在炉围上。他惊讶于她竟这么自然而然地接纳了自己。"不过我们都老了。"他心想，"我们的感觉都迟钝了。她觉得我理所当然地可以坐在这儿，就好像我认识她一辈子了。""斯莱恩夫人，"他开口了，"我想你在总督任期的时候并不快乐吧？"

他说话一向恶声恶气、尖酸刻薄，即使在她面前，他也无意让语气和悦一些。他极其讨厌人类、蔑视人类，一句话不夹枪带棒简直难得。凯是他唯一的一个朋友，但就算是对凯，也是恶语相向的时候多，和颜悦色的时候少。

斯莱恩夫人愣住了，忠于亨利的感情苏醒了："总督也自有其用处，菲茨乔治先生。"

"但不适合你这样的人。"菲茨乔治先生执着地说，"知道吗？"他向前倾了倾身子："看到你被困在那些演戏的人中间，我真的很难过。你屈服了，也尽到了自己的责任——啊，相当出色！——可你始终在否认自己的本性。我记得宴会开始前等你和斯莱恩勋爵下楼；我们聚在一间气派的客厅里，我敢说有三十个人吧，每个人都珠光宝气，衣冠楚楚，站在无边无际的地毯上，多少都觉得有点儿傻乎乎的。我记得房间里有一盏巨大的枝形吊灯，烛火辉煌；每当有人从楼上走过时，吊灯就叮叮当当地微微晃动。我心里想，那是不是你的脚步？接着，巨大的折叠门推开了，你伴着总督走了进来，女士们纷纷屈膝行礼。晚宴之后，你们两个绕着桌子和客人们一一打招呼，和每个人都寒暄了几句；你一身白衣，戴着钻石发饰，你问我打算猎捕什么大型猎物。大概你觉得一个有钱的年轻人会热衷于这种话题吧；你怎么可能知道，我憎恶猎杀动物的想法。我回答说不，我只是来游玩的；你莞尔一笑，好像认真听着，但我相信你并没有留意我的回答。你在想该对下一个客人说什么，你无疑又说了一些同样仔细斟酌、同样不合时宜的话。提议让我和你们结伴而行的是总督，而不是你。"

"结伴而行？"斯莱恩夫人吃了一惊。

"你知道的，他提议的时候总是那种平易近人的态度。大家多半知道他只是随口一说，而且他也从来没想到对方会满口答应。你只要略一欠身，说一句'承蒙邀请，不胜欣喜'，之后就不了了之了。他会说：中国？对，我下星期要去中国；中国这个国家非常有意思；你不如和我一同前往吧。可要是有人信以为真，他一定会吓一跳，不过我敢说，他的举止完美无瑕，一定不会流露出诧异之情。斯莱恩夫人，这话属实吧？"

不等她回答，他又继续说了下去："但这一次，确实有人信以为真。这个人就是我。他说，你是个古文物收藏家，菲茨乔治——古文物收藏家对他来说是个模糊的概念——你是个古文物收藏家，他说，你也不赶时间，不如和我们一起去法塔赫布尔西格里吧？"

斯莱恩夫人脑海中破碎的拼图突然拼凑完整了。隐约的音符重新连成了曲调。她再次站在那座荒芜的印度古城的露台上，眺望着褐色的风景，几缕扬尘标记着通往阿格拉[1]的路。她把两只胳膊靠在暖融融的矮墙上，慢慢地转着阳伞。她转阳伞是因为她微微有些不自在。她和身边那个年轻人被隔在了世界的一角。总督正在远处视察珍珠母贝清真寺[2]，有一群身着白制服、头戴遮阳帽的官员陪同，他举起手杖指指点点，说应该把屋檐下的斑鸠清理掉。站在斯莱恩夫人身边的年轻人轻声说，可怜这些斑鸠要遭殃了，要是一座城市被人类遗弃了，斑鸠为什么不能继承呢？斑鸠、猴子还有鹦鹉，他絮絮说了下去，这时一群翠绿的长尾鹦鹉从头上飞过，在半空中吵来吵去；看啊，绿色的羽毛映衬着这些粉红色的墙壁，他一边说一边抬起头，这时那群鹦鹉又飞了回来，就像一颗颗翡翠飘过诗人之家。[3]这有些不寻常，他说，一座清真寺、城堡、宫殿林立的城市里，只有鸟兽居住；他倒想看看老虎走上阿克巴大帝的台阶，眼镜蛇在议事厅里盘成一团。他觉得，和脚蹬靴子、头戴遮阳帽的人相比，它们

---

1 阿格拉，位于法塔赫布尔西格里以东约 40 公里，泰姬陵和阿格拉红堡所在地。
2 应指贾玛清真寺，白色大理石建筑。
3 诗人之家，应指印度莫卧儿帝国阿克巴大帝的宫廷大臣、桂冠诗人比巴尔（Raja Birbal）的住所。

和这座红堡更般配。[1] 斯莱恩夫人一直留神观察总督一行人的动静，此时对他的异想天开微微一笑，说菲茨乔治先生是个浪漫主义者。

菲茨乔治先生。此刻她想起这个名字来了。这没什么好奇怪的，在成千上万个名字中，她忘记了这个名字。但她此刻想起来了，并且想起了自己取笑他时，他看向自己的眼神。那不仅仅是一个眼神，那是他创造的一个瞬间；他和她四目相对，眼睛里盛满了他不敢，抑或不愿说的千言万语。她觉得自己好像一丝不挂地站在他面前。

"是啊。"他隔着汉普斯特德的炉火看向她，"你说得对，我的确是个浪漫主义者。"

她大吃一惊，因为他的话就这样连上了她的回忆；那么，那一瞬间对他而言，就如同对她而言一样，同样意义重大，同样心潮澎湃？那一瞬间的意义确实让她困扰不已，有那么一会儿，她甚至不敢承认自己大为震动。她对亨利绝无二心；但菲茨乔治，那个她还没记清名字、漂泊不定的年轻

---

1 薇塔在游记《德黑兰过客》、长诗《大地》中均有提及，在给弗吉尼亚·伍尔夫的信中更详细地写道："然后是一座荒芜的城市，那是一池奇迹般的寂静；莫卧儿皇帝废弃的都城，只有猴子、山羊、鹦鹉和松鼠住在那儿。高处是阿克巴巨大的红色宫殿，院子里是他的诗人的小红房子！"（1926年2月20日）

游客离开之后，她觉得好像有人在她最隐秘的地窖里引爆了炸药。有个人一眼就发现了连她自己都不知道的密室入口。他竟敢如此胆大包天，看穿了她的灵魂。

"很奇怪，不是吗？"他依旧注视着她。

"在阿格拉辞别我们之后，"斯莱恩夫人一副闲聊似的态度，她不愿意承认他让自己内心惶然，"你做了什么？"

"我去了克什米尔。"菲茨乔治先生说，他靠在椅背上，指尖贴在一起，"我坐着游艇顺流而上，走了两个星期。我有很多时间去想事情，我眺望着一片片粉红的荷花，想到了一位一身白衣的年轻女子，她那么恪守本分，举止是那么得体，内心又是那么狂野。我曾经自以为是地觉得，有那么一瞬间，我走近了她，接着我又想起来，她瞥了我一眼，随后就转过身，信步走向了她的丈夫。但她走开究竟是因为心中惶恐，还是有意奚落我，我始终想不明白。也许两个意思都有吧。"

"如果她心中惶恐，"斯莱恩夫人说，她把自己和菲茨乔治都吓了一跳，"那她怕的也是她自己，而不是你。"

"我没有自以为是地觉得是我。"菲茨乔治先生说，"就算是那时候我也知道，我没有吸引女人的魅力，尤其是像你这样美好、出色的年轻女人。我本来无意于此。"他望着她，露出一种不服气的神色，一副荒唐可笑的老姑娘模样。

"你当然无意于此。"斯莱恩夫人说，她对这种自惭形秽的流露肃然起敬。

"是的，"菲茨乔治先生恢复了平静，"我无意于此。然而，你知道吗？"他又补充了一句，他被回忆刺痛，于是重新坦然以对："我以前从来没有爱过哪个女人，以后也没有，但我在法塔赫布尔西格里爱上了你。其实，我应该是在加尔各答那场可笑的晚宴上爱上你的，不然我就不会去法塔赫布尔西格里了。去那里我要绕远路，而我从来没有为谁绕过远路，不管是男人、女人还是孩子。我是个彻头彻尾的利己主义者，斯莱恩夫人，你应该知道这一点。除了艺术品，再没有什么能引诱我绕远路。我离开克什米尔之后又去了中国，那些艺术品让我心醉神迷。很快，我就把你忘了。"

这种古怪、鲁莽、迟到的表白让斯莱恩夫人心中五味杂陈。这样的感情考验着她对亨利的忠贞，打破了她晚年的平静，唤醒了她年轻时的困惑。她有些震惊，但更多的是欣喜。她无论如何也想不到会有这样的事——她如今的生活中只有回忆，以及唯一的一份期待。菲茨乔治先生的出现仿佛不怀好意，就是为了破坏她内心的平静。

"但即使在中国，"菲茨乔治先生接着说，"我在闲暇时也会想起你和斯莱恩勋爵。我觉得你们凑在一起不伦不类，就像什锦饼干，只不过什锦饼干总是相得益彰的。我说你们不伦不类，并不是说你没有尽到本分。你做到了。你的表现叫人佩服，所以才引起了我的怀疑。斯莱恩夫人，你本来打算做什么，要是你没有嫁给那个既讨人喜欢又叫人烦恼的冒牌货？"

"冒牌货，菲茨乔治先生？"

"啊，不对，他当然算不上是个冒牌货。"菲茨乔治先生说，"相反，他出任英国首相之后安然度过了（据说是）艰难困苦的五年。对了，差不多每一年都是艰难困苦的。也许我看错他了。可你得承认，他是有缺陷的。论魅力，我认识的人里没有谁能比得上他；魅力可以说也是有限的，到了某一个限度，任何一个理性的人都不可能超越。但他超越了——远远超越了。他完美得不像真的。斯莱恩夫人，你自己一定经常为他的魅力吃苦吧？"

这个问题来得突然，斯莱恩夫人险些在不经意间如实回答了。菲茨乔治先生好像是真心感兴趣；可她记得，她常常看到亨利皱着眉头思索一些人类的问题，但这些问题其实根本无法引起他的兴趣，因为在他的世界里，人类的利益微不足道，他的思想深处只有冷冷的、嘲弄的野心，既然亨利是这样，那么菲茨乔治先生有什么不同呢？一个是政治家，另一个是鉴赏家；她可不想被当作一件唐俑来审视，说不定最后发现这是一件赝品。对亨利的观察让她吸取了教训，她可不会轻易忘记。和那么一个风度翩翩、虚情假意又冷漠无情的人生活在一起，并且爱着他，实在苦不堪言。她突然发觉，亨利是个充满男子气概的人；尽管他有风度、有教养，但男子气概是他性格的基调。他是世俗中的俗人，尽管他对世俗嗤之以鼻。

"我本来想当画家。"斯莱恩夫人回答了上一个问题。

"啊。"菲茨乔治先生终于得到了想要的答案，如释重负地叹了一声，"谢谢你，我的疑问迎刃而解了。这么说你是个艺术家，是吗，你有艺术家的潜质？但身为女人，你不得不放弃。我明白。现在我懂了，为什么你什么也不做的时候偶尔显得神色凄然。我记得我一边望着你一边想，那是一个黯然神伤的女人。"

"亲爱的菲茨乔治先生！"斯莱恩夫人忍不住感叹，"千万别把我的一生说得像是一出悲剧一样。大多数女人梦寐以求的一切我都拥有了：地位、富足、子女，还有我深爱的丈夫。我没什么可抱怨的——一样都没有。"

"但你被骗走了一件最重要的东西。对一个艺术家来说，除了发挥他的天赋，什么都不重要。这一点你和我一样清楚。怀才不遇，他会变得扭曲，就像一棵树被扭曲成不自然的姿态。生活失去了意义，生活变成了活着——应付了事。承认吧，斯莱恩夫人，你的子女，你的丈夫，你的荣华富贵，都不过是阻碍你实现自我的障碍。你选择用这些来代替你真正的使命。你当时太年轻了，我想是这样吧，你还不懂得利害，当你选择了这种生活时，你就违背了良心。"

斯莱恩夫人伸手捂住了眼睛。她再也承受不起这番谴责的打击了。菲茨乔治先生突然像传教士一样福至心灵，毫不留情地打翻了她的平静。

"是的。"她有气无力地说，"我知道你说对了。"

"我当然说对了。老菲茨兴许是个滑稽人物，但他到底还留着几分价值观念，我看到你触犯了我奉为圭臬的一条准则。难怪我会责骂你。"

"别再责骂我了。"斯莱恩夫人抬起头，微笑着说，"我向你保证，如果我做错了，我已经付出了代价。但你绝不能责怪我丈夫。"

"我不怪他。按照他的标准，你想要的一切他都给了你。他只是扼杀了你，就是这样。男人会扼杀女人，而据我所知，大多数女人都喜欢被扼杀。我敢说，身为女人，即使是你，也在这个过程中得到了某种快乐。听到这儿，你生我的气吗？"

"不。"斯莱恩夫人说，"我觉得被看穿是一种解脱。"

"你自然发现了吧？我在法塔赫布尔西格里就看穿了你。没那么仔细，这是当然的，只是大体上。这场谈话只是延续了我们当时没有开始的谈话。"

斯莱恩夫人虽然心中震撼，但还是坦诚地笑了。她无比感激蛮横无理的菲茨乔治先生，此刻他不再责骂她，只是坐在那里注视着她，目光中透着幽默和爱恋。

"一场中断了五十年的谈话。"她说。

"以后再也不会继续了。"他出乎意料地委婉，他知道她也许害怕自己用这把柳叶刀反复切开她裸露的伤口，"不过有些事情必须说出来——这就是其中之一。现在我们可以做朋友了。"

菲茨乔治先生就这样定下了他们的友谊，还理所当然地认为她会欢迎自己来和她做伴。他不请自来，在很快就成了他专属的椅子上落座，和敬慕他的热努开玩笑，和巴克陀特先生谈天说地，让大家都迁就他的习惯，但不管怎样，他干脆利落地融入了斯莱恩夫人的生活。他甚至陪着她慢腾腾、颤悠悠地走去荒野。她的斗篷，还有他的方帽，在冬日的树下起伏晃动，成了熟悉的景物。他们一起颤颤巍巍地漫步，时常在长椅上坐下，彼此都不承认自己累了，而是装作想要欣赏风景。等他们欣赏够了，实际上觉得休息好了，他们就一致决定起来再往远走一走。就这样，他们重温着康斯太布尔的回忆，甚至还参观了济慈故居，那个盛满了痛苦和悲剧的小白盒子，淹没在墨绿色的月桂树丛中。[1] 他们两个也像游魂野鬼一样，喃喃念着芬妮·勃劳恩的鬼魂，念着断送了济慈的苦恋；与此同时，就在那个够不到的拐角，潜伏着菲茨乔治先生对斯莱恩夫人的苦恋，他没有因此断送自己，因为他是一个小心谨慎的利己主义者（不像可怜的济慈），他太明智，不会任由自己陷入对年轻的总督夫人无望的相思，可又太不明智，才会在五十年里远远地对她念念不忘。

　　一天，在荒野上，他说起了一件她已经忘却的小事。

　　"还记得吗？"他说——这四个字的开场白他们已经听

1　1929 年 5 月 29 日，薇塔在日记中记录自己和弗吉尼亚·伍尔夫前往汉普斯特德参观了济慈故居。

惯了，如今每次说起来两人都忍俊不禁，"晚宴的第二天，我又上门来吃午餐。"

"晚宴？"斯莱恩夫人有些茫然，她的思维没那么敏捷了，"什么晚宴？"

"在加尔各答。"他温和地解释，她需要提示的时候，他从来不会不耐烦，"我答应一起去法塔赫布尔西格里，于是总督又请我第二天去吃午餐，他说我们得商量一下细节。我到得比较早，发现你一个人在家，不过也不完全是一个人，凯也在。"

"凯？"斯莱恩夫人说，"啊，凯当时肯定还没出生吧。"

"他当时两个月大了。你在房间里守着他，他躺在婴儿床里。你不记得了吗？被一个陌生的年轻男人看见你在照顾孩子，你有些尴尬。但你马上就化解了尴尬——我还记得，你的举止落落大方，让我暗暗佩服——请我过去看看他。你掀开了婴儿床的帘子，为着你的缘故，我也确实瞧了一眼那个讨厌的小东西，不过我看的其实是你掀着帘子的手。那只手和帘子布一样洁白，只不过染上了戒指的颜色。"

"这些戒指。"斯莱恩夫人应着，摸了摸黑手套下面凸起的形状。

"既然你这么说就是吧。我有一次跟凯说，我见过他躺在摇篮里。"菲茨乔治先生说着呵呵地笑了，"这个笑话我一直留在肚子里，好多年了。我把他吓了一跳，我保证。不过我没有和他解释过，直到今天他也不知道是什么意思。除非他问过你？"

"没有。"斯莱恩夫人说，"他从来没问过我。而且就算他问了，我也回答不出来。"

"是啊，人总会忘记一些事，总会忘的。"菲茨乔治先生说着，眺望着远处的荒野，"但有些事情一辈子都忘不了。我记得你扶着床帘的手，我记得你低头望着那个小丑八怪的表情，他后来长成了凯。我记得我当时觉得很别扭，因为我不经意闯进了你的私生活。但这种感觉并没有持续多久，你按了铃，奶妈进来把凯连着他的小床一起带走了。"

"你喜欢凯吗？"斯莱恩夫人问道。

"喜欢？"菲茨乔治先生重复了一句，一脸愕然，"这——我习惯了他。是吧，大概可以说我喜欢他吧。我们对彼此足够了解，不会去打扰对方。我们习惯了彼此——不如就这么说吧，到了我们这个年纪，其他的相处方式都会惹人讨厌。"

喜欢，是啊，就算对斯莱恩夫人来说，喜欢也像是一种遥不可及的感情。她喜欢菲茨乔治先生，她这么觉得，也喜欢热努，喜欢巴克陀特先生，对戈谢伦先生的喜欢要淡一些，不过这种喜欢里，所有的烦恼和忐忑都已经消失殆尽，就像生命力已经从她年迈的身体里消失殆尽一样。如今所有的情感都是暮景残光。她只能说，和菲茨乔治先生一起在荒野漫步、闲坐是件惬意的事，他唤起了她对那段日子的回忆，即使隔着面纱，她昏花的双眼也不敢直视那么灿烂的光辉。

　　其实，菲茨乔治先生对斯莱恩夫人说的还不是全部。他没有提起，那天他除了看见她在房间一角守着摇篮里的凯，还看见她跪在地板上，周围摆满了鲜花。他刚离开英国，在他的印象里这时还是冬天；然而，从印度花园里采来的玫瑰、飞燕草和香豌豆分门别类地堆在她身边。装了水的透明玻璃花瓶在地毯上摆得四处都是，闪着一个个光点儿。当时她抬头看着他，这位不速之客撞见总督夫人在做一件和身份不符的事。插花应该是秘书或者园丁的活儿，但她却喜欢亲自来做。她抬起头，手上滴着水，撩开了挡着眼睛的头发。但这个动作还撩开了别的什么东西；她撩开了自己的私生活，取而代之的是客套虚礼，她站起身，先擦了擦手，接着把手伸给他说："啊，菲茨乔治先生，"——她那时记得他的名字，暂时记得，"请见谅，我没想到已经是这个时候了。"

在圣詹姆斯街这边，人们注意到菲茨乔治先生经常不在。凯·霍兰自己也注意到，菲茨现在不像以前那么愿意出来吃晚饭了，不过其中的原因是他做梦也想不到的。他的猜测离真相差了十万八千里，他白白地担心起这位老朋友来，琢磨菲茨是不是因为劳累甚至是抱恙而不得不早早上床休息；但他们之间一向是君子之交，所以凯也不敢贸然打听。他熟悉菲茨乔治先生的两居室，依稀猜得到这位老先生的生活方式；事实上，他可以想象他穿着睡衣、踩着拖鞋，在杂乱堆放的无与伦比的艺术品中间走来走去，在煤气炉子上热一碗速溶汤，为了省电只点一只灯泡，黯淡的光线照着身穿耶格[1]的小个子，照着一摞摞镀金画框——也许他只舍得点插在瓶子里的蜡烛头？凯可以肯定，菲茨乔治先生不肯让自己吃饱，住得也不可能健康，因为房间低矮拥挤，落满了灰，每天上门的女佣只负责最基础的清洁。菲茨本人怎么能在这种肮脏混乱的环境里把自己打扮得板板正正、仪表堂

---

[1] 耶格（Jaeger），1884 年创立的服装品牌，创立者托马林（Lewis Tomalin）最早将店铺命名为"耶格博士的健康羊毛套装"。

堂，凯实在是想不明白，他自己大把时间都花在家务上，居住的地方要收拾得一尘不染才好。说起来，没有哪个老姑娘能比主持开春大扫除的凯·霍兰更热衷于居家整洁；他挽起衬衫袖子，亲自动手在水盆里清洗他那些容易碰坏的宝贝。

可老菲茨呢！凯觉得，自从多年前菲茨搬进那套两居室之后，里面就从来没有重新整理过；伯纳德街屋檐下的这个鹊巢里，东西一件件搬进来，越积越多；先扔在椅子上，等椅子不够用了，就堆在地板上，收在抽屉里，塞进关不上门的柜子里；没人动过，没人打扫过，除非菲茨乔治先生愿意向来客展示他那些杰作，才会吹掉脏兮兮的灰尘，让画作、青铜器或是雕刻重见天日。

可如今很少能见到菲茨了。他终于在俱乐部露面了，看起来还是老样子，于是凯的疑虑随之打消；要说有什么变化的话，他好像比以前还活泼了一些，欺负凯的时候更加兴致勃勃，双目炯炯有神，好像藏着一个秘密笑话。他的确藏着秘密。凯坐在那儿，觉得亲切又快乐。从来没有人像菲茨乔治这样取笑他。尽管凯很想继续菲茨看到自己躺在摇篮里的谈话，但出于腼腆和习惯，他还是没有开口。

不过，菲茨倒是没有再提请他把自己引荐给斯莱恩夫人的事了，凯为此长舒了一口气。他很肯定，母亲根本不会欢迎一个陌生人造访她在汉普斯特德的隐居之所。他还为此沾沾自喜，因为自己在这件事上观察入微，并且巧妙地推掉了老菲茨。然而，他时不时地又心里不安：菲茨只是想多交一个朋友，自己却推三阻四，是不是太不近人情了？菲茨一定是好不容易才开口，再次提起的时候更是千难万难。不过，他首先应该为母亲着想。不管是卡丽、赫伯特还是查尔斯，都理解不了母亲想要隐居的愿望；只有他，凯，能够理解。因此，他有责任守护母亲的这个愿望。他守护了她——哪怕他通常都对菲茨有所畏惧——因为他闪烁其词，看来菲茨已经忘了心血来潮时的想法。凯想着哪天一定得去看看母亲，让她知道自己是多么机灵。

但是，他一直拖着没去，因为一月的天气冷死人，凯像猫一样喜欢温暖舒适，所以他轻易就说服了自己，对他这种年事已高又娇生惯养的人来说，冷风阵阵的地铁站可不是个好去处。他可以裹好大衣围巾，走出圣殿区的寓所，穿过喷泉院子，经过胖得不肯给他让路的鸽子，走下台阶来到河堤，拐上诺森伯兰大道，然后穿过公园来到圣詹姆斯街，这是他日常的活动范围，但再远的地方他是不敢去的。他选择步行，不仅是为了锻炼身体，还因为他强烈地感知到所有的公共交通工具上都充斥着微生物，对他来说，微生物比蛇虫鼠蚁还要可怕；他差不多每天都会想象自己感染了至少一种要命的疾病，每次喝茶都庆幸着烧开的水里没有病菌。因此，他很欢迎下雨下雪的日子，因为这样他就有借口待在家里了。为了弥补良心上的不安，他给母亲写了几封亲切的短信，说自己感冒了，他知道最近流感肆虐，但愿热努把她照顾得很好。尽管如此，他还是想，等天一放晴，他就要去一趟汉普斯特德，跟母亲说说菲茨乔治的事。她会听得津津有味，她会心怀感激的。

可惜凯和许多聪明人一样，把计划拖得长了那么一点点。他忘了菲茨乔治先生比自己年长二十五岁。到了八十一岁的年纪是经不起和时间玩把戏的。二十岁、三十岁、四十岁、五十岁、六十岁，一个人兴许都可以理直气壮地说："这件事明年夏天再说吧。"——当然了，就算是二十岁，生活中也同样危机四伏——但是到了八十一岁，这样的拖延就纯粹是在嘲弄命运了。早年只是意料之外、未必可能的危险，到了八十岁之后就陡然成了必然。因为家里人长寿，凯的标准也许有些脱离现实。总之，菲茨乔治的死对他来说是一个沉重的打击，他不敢相信且深感不满。

第一个线索是新闻告示上的消息："西区花花公子去世。"当时他沿着河堤拐上诺森伯兰大道，准备去吃午餐，不自觉地瞟到了这条新闻；对他来说，这条新闻没什么大不了的，好比布里克斯顿的一辆公共汽车冲上人行道。走出几步之后，他又看到了别的新闻告示，是午报："独居百万富翁在西区去世。"就算菲茨乔治的名字在他脑海里闪过，他也随即打消了这个念头，因为即便是记者，也不能把伯纳德街说成是西区吧。凯对弗利特街毫无经验。不过他还是买了一份报纸。他穿过公园，注意到番红花探出了绿色的小脑袋。这条路他已经走了上千次。他从容地走进布铎斯，点了一瓶矿泉水，铺好餐巾，把《标准晚报》往面前一竖，开始享用午餐——切好的带骨肉排配腌黄瓜。他不需要跟服务员明说想点什么，因为他日复一日都重复着规律的生活。看到了，在头版第二栏："西区花花公子被发现死亡：揭开富豪隐士离奇的一生。"（凯到这时还在纳闷，一个人怎么可能既是花花公子又是隐士呢？）接着他就看到了那个名字："菲茨乔治先生……"

手里的刀叉咣啷一声掉在盘子上，周围吃午餐的客人本来还奇怪凯·霍兰怎么一副无动于衷的样子，此时纷纷抬起头来窃窃私语："啊，他听说了！"他们所谓的"听说"，其实是"看到"。不过，说"听说"也未尝不可，因为印在报纸上的名字对凯大吼一声，震得他简直什么都听不见。

他感觉像有人抽了他一耳光。"菲茨去世了？"他问邻桌的人——他并不认识那个人，只是过去二十年来常常打照面，成了点头之交。

然后，他不知道中间发生了什么，只模糊地记得自己从口袋里掏出钱付了车费，并发现自己来到了伯纳德街，爬上楼梯，去了菲茨家。菲茨的房门被撞开了——砸坏了——四分五裂——警察已经到了，两个高大的年轻人，装腔作势，满脸歉意，问了凯的名字之后，非常客气通融。看到菲茨了，他穿着耶格睡衣躺在床上，一动不动，显得很奇怪。桌子上放着一条半沙丁鱼、一块吃了一半的吐司，还有吃剩的煮鸡蛋，就是吃剩放凉的煮鸡蛋，看着就让人没胃口。菲茨戴了一顶睡帽，这让凯觉得诧异，是那种流苏垂在一侧的睡帽。他看上去和活着的时候差不多，可又完全不一样了。很难说不一样在哪里；不只是因为他一动不动；也许是出于内疚吧，他偷窥到了老菲茨，抓住了他从来不为人所知的一刻，转瞬即逝的一刻，头戴睡帽的一刻，从橱柜里拿出最后的三条沙丁鱼的一刻。"我们不能动他，先生。"其中一个年轻的警察说，他留神看着，生怕凯走得太近，伸手碰碰他的朋友，"要等到医生确认完毕才行。"

凯缩着身子挪到了窗边，他不由得想起了父亲的死。他们的确选择了截然不同的人生道路。菲茨愤世嫉俗，过着离群索居的生活，自得其乐，从不向任何人露出他的真面目。只有一次，凯看到他发火了，因为一份报纸上刊登了一篇写伦敦怪人的文章。"老天！"他说，"不和人打交道就是怪人吗？"他的名字赫然在列，这让他大为光火。他不理解一般人为什么会好奇别人的事；在他看来，这种想法庸俗、无聊，而且多余。他所求的不过是不受打扰；他无意干涉世界的逻辑；他只想生活在自己选择的世界里，沉浸在他的艺术品之中，欣赏其中的美。这就是他的精神追求，他的思考方式。由此说来，他孤零零地死去并不可悲，因为这样的死法和他的选择一脉相承。

但是，这样的死法却让执法及执政者忧心忡忡。他们闯进了他的房间，凯只好狼狈地站在窗边，摆弄着脏兮兮的窗帘。这位先生，他们望着那个僵硬而沉默的身影说，生前极其富有；事实上，据说他的财产高达七位数。他们见惯了穷人孤零零地死去，但面对一个百万富翁孤零零地死去，他们却没有经验可循。亲戚他肯定有几个吧，他们说着，望向了凯，好像凯是罪魁祸首。凯回答说没有，据他所知，菲茨乔治先生一个亲戚也没有，他在世上无牵无挂。"慢着。"他补充了一句，"南肯辛顿博物馆说不定知道他的一些事。"

听到这里，探长扑哧一声笑了出来，接着急忙捂住了嘴，他想起死者还在屋子里。博物馆！他重复了一句；嗯，一个人死后要去那种地方打听他的消息，可真够凄凉了。探长无疑有一位贤妻，一群吵闹的孩子，还有摆在窗台上的一盆盆红花天竺葵。其实呢，他说，霍兰先生说到博物馆，倒也不算离题太远。要不是因为博物馆，他，也就是探长，以及他的手下根本也不会出现在这儿。这里没有谋杀或是自杀的迹象，按理说是不必劳烦警察的。只不过因为博物馆联系了苏格兰场[1]，以探长所说的"政府"之名，苏格兰场才派了警察到伯纳德街，看管那些珍贵的文物，因为这些可能是赠予国家的遗产。尽管探长对这些东西是一副嗤之以鼻的态度，但他还是立刻领会了"珍贵"这个词。不过除了博物馆，霍兰先生就不能想到某个当事人吗？霍兰先生想不到。他垂头丧气地说，不如去《名人录》里找找菲茨乔治先生吧。

好吧，探长说着，掏出一个笔记本，开始办正事了。他父亲是谁，总知道吧？别让记者进来，他气冲冲地吩咐两个

1　苏格兰场（Scotland Yard），英国首都伦敦警察厅的代称，位于伦敦的威斯敏斯特市。

手下。他没有父亲，凯说。他觉得自己像一只被网套住的兔子，后悔自己跑到了伯纳德街，被几个执法人员呼来喝去。还有，他怀疑探长是以权谋私，为了满足好奇心才打听起这位已故百万富翁的身世。

探长瞪着他，像是想到了一句玩笑，但碍于尊严终于把话咽了下去。"那他母亲呢？"他接着问，言下之意是，就算一个人可以省去父亲，但总不可能省去母亲吧。但凯已经不再理会其中的暗示了；他只把菲茨乔治看作一个孑然一身的人物，竭力要保住独立的身份。"他也没有母亲。"他回答说。

"那他有什么？"探长问道，他瞥了一眼两个手下，看表情就知道，他对凯的评价只有一个词：脑子有病。

凯冲动之下很想回答：私人生活。因为他有点儿头晕目眩，菲茨乔治和探长之间的矛盾，以及探长所代表的一切，让他简直承受不住了；但他还是妥协了，他指着房间里堆得杂乱无章的艺术品说："这些。"

"这还不够。"探长说。

"对他来说够了。"凯说。

"那些破烂儿？"探长反问。凯无言以对。

一个警察走过去，对探长耳语了几句，同时呈上了一张名片。"好吧。"探长看了看名片说，"让他进来吧。"

"楼梯平台上还守着很多记者，长官。"

"别让他们进来，我吩咐过了。"

"他们说就只想进来看一眼，长官。"

"哼，那也不行。跟他们说没什么好看的。"

"遵命，长官。"

"只有一堆破烂儿。"

"遵命，长官。"

"让那位博物馆的先生进来。别人都不能进来。看样子，"探长转身对凯说，"博物馆这条线是对的。这就来了，倒像是死者的叔叔。忙不迭的。"他把名片递给了凯，凯看见上面写着："克里斯托弗·福尔贾姆先生，维多利亚和阿尔伯特博物馆。"

进来的是个年轻人，头戴礼帽，身穿蓝大衣，戴着羔羊皮手套，鼻梁上架着一副角质框眼镜。他瞥了一眼菲茨乔治先生，随后就移开了目光，他一边不断打量、评鉴着堆得满屋子都是的艺术品，一边和探长说话。他的态度倒是和探长不同，因为他时不时地双眼放光，手也不由自主地伸向椅子或是桌子上落着灰但价值不菲的东西，像看到猎物一样。另外，他对凯·霍兰恭恭敬敬，凯在探长心中也因此多了几分威望。博物馆毕竟是公共机构，切切实实的政府补贴（尽管资金微薄）为其奠定了权威；这种东西是探长尊重的，或者可以说他买账。他对待福尔贾姆先生比对待凯·霍兰还要恭敬，因为在凯·霍兰身上，他看不到一位前首相之子该有的样子，而福尔贾姆先生呈上来的名片上写得清清楚楚：维多利亚和阿尔伯特博物馆。[1]

说句公道话，福尔贾姆先生并不自在。上司急匆匆地派他过来，好确保老菲茨的遗物得到了妥善保管。老菲茨在过去四十年里隐约提过，所以博物馆认为有望得到他留下的一部分遗产。凯·霍兰又一次退到窗前，又一次摆弄着脏兮兮的窗帘，给了探长和福尔贾姆先生应有的肯定。探长有职责要履行，福尔贾姆先生则是被博物馆派来完成一件不讨喜的差事。老菲茨发现新宝贝的喜悦，老菲茨对某个美好物件的欣喜若狂和强自镇定，这些属于另一个世界，不同于这种对死者的切实保护，对处置遗物的兴趣。凯对这个世界还算了解，他知道这是理所当然的。即使是设身处地，从朋友的角度来看，他也并不觉得讽刺。探长和福尔贾姆先生只是各司

---

1 1927 年，薇塔前往波斯的同伴之一利·阿什顿（Sir Leigh Ashton，1897—1983）正是维多利亚和阿尔伯特博物馆馆员。

其职罢了。尤其是福尔贾姆先生，他的言行举止非常得体。

"当然了，我知道我们无权干涉。"他说，"不过考虑到这些藏品都是无价之宝，而且菲茨乔治先生一直对我们表示，他会把大部分财产捐赠给国家，所以我们博物馆认为，应该采取一些适当的措施来保护这些财产。馆里吩咐我说，如果您愿意交给我们的人来负责，他随时听候差遣。"

"先生，要是我理解得没错，这些藏品是无价之宝喽？"

"价值几百万，我估计。"福尔贾姆先生津津有味地回答。

"嗯……"探长说，"我本人对这些东西完全不了解。我看这屋子就像典当行。不过既然先生你这么说，那么我不能不相信。这位先生，"他竖起拇指，朝菲茨乔治先生指了一下，"好像没有家人？"

"我没听说有。"

"很不寻常啊，先生。对这么一个富翁来说，这很不寻常。"

"律师呢？"福尔贾姆先生提醒说。

"暂时还没有律师事务所出面联系，先生。午报上已经登出了消息；确实这里也没有电话，"探长说着，厌恶地环顾四周，"他们只能亲自上门。"

"菲茨乔治先生是个不大合群的人。"

"我看出来了，先生——独来独往，可以这么说吧。我自己是理解不了，我喜欢有个伴。这儿没问题吧，先生？"探长说着，点了点脑袋。

"可能是有点儿特立独行；仅此而已。"

"像他这样的富绅，总觉得应该是个太平绅士之类的，是不是，先生？我是说参与一些公共服务——医院委员会什么的。"

"我想菲茨乔治先生不太关心公众事务。"福尔贾姆先生语气古怪，凯分辨不出他是赞同还是指责。"不过，"他补充说，"一个人既然能把这些价值连城的收藏品捐给国家，我不应该这么说他。"

"你还不知道他捐了没有。"探长说。

福尔贾姆先生耸了耸肩："他的意思相当清楚了。况且要是他不捐给国家，那还能留给谁呢？除非他把全部藏品都留给你了，霍兰先生。"他转身望着凯，觉得自己这句玩笑很好笑。

然而，菲茨乔治先生既没有把他的收藏留给国家，也没有留给凯·霍兰。他把所有遗产，包括他的全部存款，都留给了斯莱恩夫人。遗嘱写在半张纸上，但意思清楚，形式规范，见证人一应俱全，没有做出其他解释的余地。之前的一份遗嘱由此作废，原本他把存款捐给了慈善机构，藏品则分别赠予多家博物馆以及国家美术馆和泰特美术馆。遗嘱明确写明，斯莱恩夫人拥有绝对的所有权，其对遗产的最终处置不附带任何义务。

消息公开之后引得一片惊愕。各家博物馆又气又怨，与之相当的是斯莱恩夫人一家的又惊又喜，他们立刻齐齐围坐在卡丽的茶桌旁。卡丽处在让人羡慕的有利地位，因为她当天下午见过母亲了；事实上，她一听到消息就径直赶去了汉普斯特德。"亲爱的母亲，"她说，"我不能让她一个人承担这么大的责任嘛。你们都知道，她完全不擅长处理这种事。""可这到底是怎么回事？"赫伯特这天格外暴躁，"到底是怎么回事？她怎么会认识这个菲茨乔治？这件事和凯又有什么关系？我们知道凯和菲茨乔治是朋友，可我们从来不知道母亲认识他，更别说见过面了。我从没听母亲提过他的名字。"赫伯特暴跳如雷，就像烧着的石楠荒野一样噼啪作响。

"这是个阴谋，就是这么回事；是凯一手策划的。凯想把老头子的东西据为己有。哼，不管怎么说，凯算是弄巧成拙了。"

"真的吗？"查尔斯反驳说，"我们怎么知道凯是不是和母亲私下商量好了？凯一向不和我们来往，我一直觉得凯可能有点儿不择手段。"

"哦，可不是。"梅布尔想插嘴。

"别吵，梅布尔。"赫伯特说，"我同意查尔斯的看法，凯一直算是匹黑马。而且母亲从来没跟我们提过她的遗嘱。"

"到现在为止，"伊迪丝这次也来了，虽然她很看不起自己这么做，"她也没有什么东西能留下。"

伊迪丝的话一如往常地被忽略了。

"你们说的我全都不同意。"威廉说，他最善于考虑实际问题，因此在家里很受尊敬，"如果凯和母亲商量好了，他们就不会安排让母亲先继承菲茨乔治的财产。想想这里面有多少税吧。"

"死亡税[1]？"伊迪丝一如既往地鲁莽，吐出了这个令人不悦的字眼。

"最少五十万。"威廉说，"不合理。不如直接让凯继承。"

"可是母亲太不实际了。"卡丽说着叹了一口气。

---

1 即遗产税。

"不实际得让人头疼。"威廉说,"她为什么不找我们商量一下呢?可是如今木已成舟,"他豁达地说,"她究竟打算怎么处理呢?"

"她好像根本不在意。"卡丽说,"我到的时候她在看书,热努在角落里拿些残羹剩饭喂猫。我相信她其实并没看进去,因为我问她在看什么书——我就是想和她聊聊天,你们知道——她却答不出来。她说是穆迪寄来的,但你们也知道,母亲总是很仔细地列好书单,从来不交给穆迪选。我好不容易才进去,说是报社的人把房子围得水泄不通,母亲不让热努开门。我只好绕到花园,站在窗户底下喊'母亲'!"

"那么,"赫伯特见她打住了,于是问道,"你进了门之后,她是怎么跟你解释的?"

"没有解释。她和这个菲茨乔治是在印度认识的,他最近来拜访过一两次。她是这么跟我说的。不过我肯定她有事瞒着我,因为她说菲茨乔治来拜访过她的时候,在一边磨蹭着不走的热努突然哭了起来,然后就出去了。她撩起围裙,捂着脸抽泣。她边往外走还边念叨什么'那么好的先生'。所以我猜他总塞小费给她。"

"那母亲呢?她看起来难过吗?"

"她很安静。"卡丽想了一会儿才下了判断,"是的,总的来说,我肯定她有所隐瞒。她一直在转移话题,好像还有别的话题一样!她没有看到伦敦的新闻告示,这一点显而易见。亲爱的母亲,我就是想帮忙而已嘛。这么遭到误解,我确实有点儿难受。她看样子不想让我插手——拒我于千里之外。"

"可是,"拉维妮娅说,"你母亲这把年纪了,能有什么想隐瞒的?不会是……?"

"哎,"卡丽说,"谁也说不准,不是吗?"

"不可能,"赫伯特说,"不可能!我不信有那种事!"身为一家之主,他一派义正词严。

"也许吧。"卡丽顺着他的话说,"我肯定你最能明辨是非,赫伯特。不过,知道吗,我突然冒出了一个怪念头。"

他们都往前凑了凑,想听听卡丽的怪念头。

"不行,我还是不能说。"卡丽说,她高兴地看到自己引起了这么大的兴趣,"我真的不能说,就算我知道谁都不会往外传。"

"卡丽!"赫伯特说,"你知道我们说好了的,要是说话只想说一半,那就干脆别开口。"

"那时候我们还是孩子呢。"卡丽说,她依旧不情愿开口。

"当然了，要是你实在不想……"赫伯特说。

"好吧，既然你非知道不可。"卡丽说，"我是这么想的。我们谁都不知道母亲和这个老头子——这个老菲茨乔治——有什么交情。她从来没向我们任何一个提起过他。现在我们知道，母亲原来是在印度认识他的——就在凯出生的那段时间——兴许更早。而且他一直很关心凯。后来他死了，把全部财产都留给了母亲——没有留给凯，这倒是真的。不过母亲完全有理由全都留给凯。兴许他从始至终就是想留给凯，只不过要绕着圈子给。谁知道呢，这说不定就是为了掩人耳目。那种行事古怪的老头儿，你们知道，最怕丑事外扬了。"

"因为……"赫伯特说。

"没错。因为。"

"哦，不可能，不可能！"伊迪丝说，"这太恶劣了，卡丽，太不像话了。母亲爱父亲，她绝不会对他不忠。"

"亲爱的伊迪丝啊！"卡丽说，"你太天真了！凡事非黑即白。"她已然后悔了，不该当着伊迪丝的面说这些话，因为她可能会找母亲打自己的小报告，而她现在理所当然地希望和母亲保持融洽的关系。

伊迪丝愤愤地离开了，留下来的是团结的一家人。大家挪了挪椅子，凑得更近了。

"再之后，"卡丽接着说了下去，"一个年轻人上门了——这个人极其惹人讨厌。他姓福尔贾姆，是什么博物馆的。热努对他真是太没礼貌了。我猜他不只是报了名字，还递了名片；总而言之，她称呼对方是'疯蛤蟆'先生。我怀疑她是故意的。不过我很快就发现他活该。很明显，他还有他那家博物馆对可怜的母亲继承的遗产有所图谋。他装模作样地说，要是母亲腾不出地方，可以把藏品存放在他们博物馆。母亲总算明智了一次，她不置可否。她说她还没想好该怎么办。她看着福尔贾姆，好像看着空气。然后，当然了，热努又像往常一样闯了进来，问母亲晚餐想吃炸肉排还是整鸡。她说整鸡不太划算，不过第二天可以接着吃。母亲一年最少有八万镑呢！"

拉维妮娅呻吟了一声。

"不过母亲对那个年轻人也不肯多说，和对我一样。"卡丽接着说，"我反复向她保证，我就是想帮忙——你们都是了解我的，知道我说的都是实话——但她看我的眼神也是心不在焉，和看福尔贾姆一样。她好像从始至终都在想别的事。兴许是什么伤感的回忆吧。"卡丽恶狠狠地说了一句，"后来热努又进来说鸡肉快熟了，再放就老了，她竟然都没

- 189 -

留我吃饭。最后我只好和福尔贾姆一起离开了，不用说，我还得用车送他一程。他告诉我说，存款之外，光是收藏品估计就值几百万。"

"可怜的父亲啊。"赫伯特感叹说，"我第一次感到庆幸，他已经不在人世了。"

"是啊，这真是莫大的安慰。"卡丽应和说，"可怜的父亲。他从来不知道。"

他们默默地消化着这个令人欣慰的事实。

"但是，"一贯讲求实际的威廉又说，"母亲会怎么处理那些东西——那么多钱？一年八万镑！还有要变现的两百万镑艺术品！要是都卖掉，母亲一年就有十六万了——还不止，要是按百分之五的利率投资。这些很容易就能做到。"他不由得提高了嗓门，每次一谈到钱都是这样："母亲的事，谁也说不准。瞧瞧她对珠宝那副无所谓的态度吧。她好像根本不懂什么是价值，什么是责任。说不定她会把全部收藏都捐给国家呢。"

斯莱恩夫人一家大惊失色。

"你不会真这么觉得吧，威廉？她肯定会为自己的孩子着想的吧？"

"我确实这么觉得。"威廉越说越气，"母亲就像个小孩，能把红宝石当成石头。她从来不长记性，一辈子过得浑浑噩噩。你们都知道，我们对这事总是心照不宣，母亲和别人不太一样。一个人不愿意这么说自己的母亲，但到了这个节骨眼，也就顾不上什么含蓄委婉了。她说不定什么时候就突发奇想，咱们只有干着急的份儿。可我们无能为力啊，无能为力！"

"胡说，威廉。"卡丽说，她觉得威廉夸大其词，"母亲一向通情达理。"

"包括她搬去汉普斯特德的时候？"威廉闷闷不乐地说，"我不同意，在母亲这个年纪还要自立门户的人可不能算通情达理。还有她分珠宝的时候，简直荒唐。"他看向了梅布尔，对方紧张地撩起一段蕾丝，想遮住脖子上的珍珠："不，卡丽。母亲这个人从来不脚踏实地。咕咕云谷[1]——那才是母亲的故乡。而且很不幸，她又遇到了一个同乡：菲茨乔治先生。"

"那巴克陀特呢？"卡丽问。

"可不是？"威廉说，"巴克陀特说不定会哄骗她把全部

---

1 咕咕云谷（Cloud-cuckoo-land），出自古希腊喜剧作家阿里斯托芬的《鸟》，指代脱离实际的幻境。

财产都留给自己。可怜的母亲啊——太单纯，太轻信了。活脱脱的猎物。怎么办才好啊？"

与此同时，巴克陀特先生拜访了斯莱恩夫人，对她这份突如其来的责任表示同情。

"看吧，巴克陀特先生。"斯莱恩夫人看上去一副病容，心事重重的，"菲茨乔治先生肯定没想清楚要做什么。他想让我拥有他那些美好的东西——这我明白。但他觉得我拿这么多钱能干什么呢？我的收入足够我用的了。我以前认识一个百万富翁，巴克陀特先生，他过得比谁都不快乐。他时时担心有人要谋害他，所以走到哪儿都带着一群侦探。他们就像墙缝里的老鼠。他不肯交朋友，因为他总觉得别人都另有企图。吃饭的时候，他总担心坐在他旁边的人末了会请他捐款给某个自己情有独钟的慈善机构。大多数人都不喜欢他。我倒是非常喜欢他。巴克陀特先生，我见过很多人，他们因为察觉别人另有企图，所以谁都信不过，而我不想陷入同样的境地。菲茨乔治先生竟然把我置于这种境地，真是太荒谬了。我觉得他并不知道自己在做什么。"

"在世人眼中，斯莱恩夫人，"巴克陀特先生说，"菲茨乔治先生给了你莫大的恩惠。"

"我明白，我明白。"斯莱恩夫人忧心忡忡，又不想显得不知好歹。

她在想，在她漫长的一生中，总有人给她各种恩惠，她并不觊觎的恩惠。先是亨利让她成了总督夫人，后来又成了首相府的女主人，如今是菲茨乔治把金子和艺术珍品塞进了她平静的生活。

"我从来都不想要什么，巴克陀特先生。"她说，"只想置身事外。这件事看来也是世所不容！就算到了八十八岁也不行。"

"再小的行星，"巴克陀特先生语带机锋，"也不得不绕着太阳转。"

"这话的意思，"斯莱恩夫人问，"是说我们所有人，不管愿不愿意，都必须绕着名利财富转吗？我以为菲茨乔治先生早就看透了。难道你不明白吗？"她无可奈何地向巴克陀特先生求援："我以为我终于摆脱了这些东西，可现在菲茨乔治先生，偏偏是他，却又让我再次深陷其中。我该怎么办，巴克陀特先生？我该怎么办？我知道菲茨乔治先生收集了很多精美的东西，但我对这些一无所知。我一向更喜欢造物的作品，而不是人类的作品。我总觉得，造物的作品是分文不取地供人欣赏，不管你是百万富翁还是穷光蛋，可人类的杰作是专门留给百万富翁的。除非说，人的作品对于创作者就足够了，不需要旁人欣赏，那么，日后不管是被什么样的百万富翁买下来，也都无关紧要。菲茨乔治先生呢，"她补充说，"买下那些作品，并不是因为其中的价值。他是一个有品位的艺术家。再说了，他是个吝啬鬼。他不但不按艺术品的市价付钱，反而喜欢发掘那些低于市价的艺术品。这样一来，他就觉得自己得到的是造物的作品，而不是人类的作品，如果你明白我的意思。"

"我完全明白你的意思。"巴克陀特先生说。

"理解我的人少之又少。"斯莱恩夫人说，"你让我觉得，你同情我的处境，这样的人少之又少。这些值钱的东西我全都不想要，尽管它们可能很美。想到我的壁炉架上摆着一只切利尼[1]陶像，我就忍不住担心，因为热努哪天早饭前掸灰的时候一定会把它打碎的。不，巴克陀特先生，如果我想欣赏什么，我宁愿走去荒野，去欣赏康斯太布尔笔下的树。"

"相比拥有一幅康斯太布尔的真迹？"巴克陀特先生精

1　切利尼（Benvenuto Cellini，1500—1571），文艺复兴时期的意大利雕塑家、金匠。

明地问，"据我所知，菲茨乔治先生的收藏中有一幅康斯太布尔的汉普斯特德荒野，非常精美。"

"好吧，"斯莱恩夫人放松下来，"那幅画我也许可以留着。"

"至于剩下的，斯莱恩夫人，"巴克陀特先生说，"除了几件你可能出于个人原因愿意留下的作品，你打算怎么处理？"

"捐出去吧。"斯莱恩夫人疲惫地说，她并不起劲，"捐给国家吧。钱捐给医院。这也是菲茨乔治先生最初的意愿。都从我这儿拿走吧。从我这儿拿走就好！况且，"她语气一转，巴克陀特先生对此已经习惯了，"想想看，这么一来我的子女可要气坏了！"

斯莱恩夫人对子女们的这出恶作剧，他完全理解其中的巧妙。恶作剧，巴克陀特先生大体上是不屑的，他觉得幼稚可笑，不过这样一个恶作剧刚好触动了他的幽默感。虽然他从没见过斯莱恩夫人的子女，不过对他们的为人猜得八九不离十。

"不过在你死后，"巴克陀特先生一贯直话直说，"你的讣告上会说你是一个心系公众的无私捐赠人。"

"我又看不到。"斯莱恩夫人说，斯莱恩勋爵的讣告让她明白，世人总会有各种各样的误解。[1]

巴克陀特先生离开的时候，由衷地担心这位老朋友的不知所措。他从没想过，大多数人都会认为斯莱恩夫人为此伤神不可理喻。他很自然地接受了斯莱恩夫人不认同世俗价值观这一点，因此在他看来，她当然反感别人不断地把这样的价值观念强加给她。而且他如今知道了她早年的抱负，知道她的想法和她实际的生活完全背道而驰。巴克陀特先生对很多事情的想法都很简单——大多数人都觉得他有点儿疯疯癫癫——但他也有自己直来直去、不带偏见的智慧：他知道，标准必须根据现实情况做出改变，指望情况去适应既有的标准，虽然稀松平常，却是痴心妄想。所以在他看来，斯莱恩夫人遭遇人生挫折是值得同情的，就如同一个运动员不幸瘫痪。毫无疑问，巴克陀特先生的观点异乎寻常，不过自己的逻辑滴水不漏，他对此从不怀疑。

倒是热努，听到斯莱恩夫人的打算之后，她大惊失色。

---

1 薇塔的母亲维多利亚获得了英国艺术史学家、收藏家约翰·默里·斯科特（Sir John Murray Scott, 1847—1912）遗赠的巴黎房产以及收藏品，但和斯莱恩夫人不同，维多利亚除了保留几件纪念品，很快将这笔遗产全部变卖。

她的法国灵魂震惊不已。这几天来，她一直喜滋滋的，为了庆祝这笔突如其来、难以置信的财富，她特意多买了几条鱼给猫咪。对于斯莱恩夫人获得的遗产——她在报纸上读到了数字，还点着手指头数过零，不敢相信地算了好几遍——她的想法莫名地复杂：她清楚一百万是多少，两百万是多少，但落到实际怎么花，她唯一的打算就是以后可以壮着胆子向斯莱恩夫人要求每星期让清洁女佣来三次，而不是两次。迄今为止，为了节省开支，即使风湿让她的关节比往常还要僵硬，她也不肯偷懒。她只是又多加了一层牛皮纸，多穿了一条衬裙，然后照常干活，盼着疼痛能有所缓解。她知道夫人并不富有，她宁愿自己吃苦，也不愿增加夫人的开销。但这天晚上，她进去收拾盘子，斯莱恩夫人随口说了自己的打算，她对未来奢侈生活的所有遐想都化为乌有。"不是吧，夫人！"她惊呼起来，"我还以为我们终于又能过上好日子了！"热努确实绝望了。还有，她本来还很欣喜地看到斯莱恩夫人再次成了公众焦点。日报和插图周报都大肆刊登斯莱恩夫人的照片，照片都很有年头了，这是不假，因为他们找不到最近的照片；照片上的斯莱恩夫人坐在棕榈树下，身份是总督夫人、大使夫人，风华正茂，珠光宝气，穿着晚礼服，精心梳理的头发上戴着小冠冕；不知怎么显得格外老气；手里拿着一本书，但她没在看书；几个孩子围在身边，赫伯特穿着水手服，卡丽穿着公主裙——热努记忆犹新！——他们亲昵地依偎在母亲肩头，望着她怀里的婴儿——是查尔斯还是威廉来着？——甚至有一家报社，因为知道现在没办法拍到斯莱恩夫人的照片，于是干脆灵机一动，登出了她七十年前的婚纱照。与之呼应的照片里，斯莱恩勋爵身着马裤，手持来复枪，脚下踩着一头老虎。这些东西斯莱恩夫人莫名其妙地不喜欢，但热努觉得理该如此。她说，她不能对夫人发号施令，但夫人有没有考虑过自己的身份以及相应的待遇？夫人习惯有那么多副官、那么多仆人——"虽然都是些黑人"——那么多勤务兵，随时准备送信传话。"那时候，夫人起码被伺候得很周到。"热努正绝望着，脑海里突然冒出一个念头，她猛地弯下腰，来来回回地拍着大腿，"哎呀，老天，夫人，这下夏洛特小姐要高兴了！还有威廉少爷，没戏了！啊，这个玩笑可太妙啦。"

如今菲茨乔治先生不在了，斯莱恩夫人觉得孤孤单单的。她把宝贵的礼物捐赠给国家，引得举国兴奋，以及子女们狂怒，这些都没有给她太大的触动。她不准热努往家里拿报纸，除非新闻头条缩减成了一段报道；子女她也一律不见，除非他们答应对这件事绝口不提，就当作从没发生过。卡丽写了一封仔细斟酌、义正词严的信。她说，这个触目惊心的伤口要几个星期甚至几个月才能愈合，那时她才能遵守母亲这个闭口不提的条件，在此之前，她信不过自己。等她的心情平复一些之后她会再写信的。在此期间，斯莱恩夫人显然必须为自己颜面尽失而作出反省。

虽然她对这番话无动于衷，并且多亏了凯和巴克陀特先生，除在几份文件上签名外，当局没有给她添什么麻烦，但她如今觉得身心疲惫，失魂落魄。她和菲茨乔治的友谊古怪而又美好——这应该是她最后一段古怪而又美好的经历了。她已经别无所求。她所求的只有得到安宁，抛却烦恼。

她时不时会在报纸上看到关于家人的报道。卡丽为一个集市剪彩。卡丽的孙女参加了一场慈善午场演出。查尔斯终于有一封信在《泰晤士报》上登出来了。理查德，也就是赫伯特的长孙，在一场业余障碍赛马中夺冠。理查德的妹妹黛博拉和门当户对的某公爵长子订了婚。赫伯特自己在上议院发表了演讲。据传下一个空出来的总督职位会授予赫伯特。他已然在新年授勋仪式上领了圣米迦勒及圣乔治勋章……斯莱恩夫人隔着岁月的长河思索着这些微小而遥远的事件，并唤起了一些回响，和从前的经历交织在一起。"多么可厌、陈腐、乏味而无聊！"[1]她一边自言自语，一边拄着拐杖、扶着栏杆小心翼翼地下楼，同时纳闷一个人在生命的尽头为什么还要费神去读莎士比亚以外的东西；说到这儿，在生命的起点也是如此，因为莎翁似乎既懂得朝气蓬勃，也懂得成熟老练。不过，也许只有到了成熟的年纪，一个人才能充分领会他的深意吧。

她看着这群人，她的骨肉，看到他们有的处于职业生涯中期，有的刚刚踏上人生之路。年轻的黛博拉，她猜想，会为订婚感到幸福吧，年轻的理查德骑马驰骋时也一定感到意气风发。想到这两个年轻人，她慈爱地笑了。可等他们热情洋溢的青春渐渐冷却，他们的心就会硬起来；他们会变得老于世故，自私自利，年轻的豪爽会被中年的谨慎所取代。他们不必战斗，不必经历灵魂的挣扎，只需按照为他们准备好的模子凝固成型。斯莱恩夫人忍不住叹了口气，因为他们存在于世是她的责任，尽管是间接的责任。子孙后代的长蛇疲惫地从她身边蜿蜒而去。她心中烦闷，只盼望得到解脱。

不过，她还是做了一件莫名其妙的事。做完之后——她写好信，贴上邮票，让热努去寄信——再回想自己的所作所

---

1 出自《哈姆雷特》第一幕第二场，朱生豪译。

为，她觉得自己一定是精神恍惚之下才做的。她说不清是什么冲动怂恿着她，是什么奇怪的欲望拉扯着她，让她重新拾起了自己已经摒弃的生活。也许她的孤独已经超过了人类的勇气所能承受的范围，也许她没有自己想象的那么坚强。只有坚不可摧的灵魂才能忍受这样的孤独。无论如何，她给一家剪报社写了一封信，要求提供和她一家有关的所有消息。她心里清楚，自己只想看到曾孙辈的消息。她并不关心卡丽、赫伯特、查尔斯和威廉发生了什么；他们所选择的路和未来还会走下去的路一目了然，没有意外，没有喜悦。但即使在精神恍惚之下，她也不敢向霍尔本的那家机构暴露自己：她把自己的真实愿望掩藏在一笔阔绰的订单之下。不过，等绿色的小包裹陆续寄来时，关于她子女的内容通通直接进了废纸篓，而关于曾孙辈的报道则被斯莱恩夫人小心翼翼地贴在了从街角文具店买来的剪贴簿里。

每天晚上，她就借着粉红色的灯光从事这份消遣，并获得了非同寻常的乐趣。因为发现每星期顶多只能收到两三次新包裹，所以每天晚上，她会把那些不多的存货省着用，每天只允许自己粘上一部分剪报，总要给第二天剩下一两张。好在曾孙辈里有两个已经成年，活动五花八门。他们其实都是风头正劲的年轻翘楚，在随笔专栏里自有新闻价值。斯莱恩夫人由此度过了很多愉快的时光，她从只言片语中想象他们的性格和爱好，这些印象依据自己以前对他们的了解逐渐巩固；孩子们对曾祖母的这项娱乐活动一无所知，而他们的不知情大大增加了斯莱恩夫人半是顽皮、半是感伤的乐趣，因为乐趣对她来说完全是一件私事，一个秘密的玩笑，浓烈、馥郁，又像栀子花一样，花瓣一碰就败了。只有热努知道她每天晚上在忙什么，不过热努不会打扰她，因为她就像是斯莱恩夫人的一部分，和她的靴子、她的热水袋、清爽端庄地在火炉前蜷成一团的猫咪约翰一样。热努其实和斯莱恩夫人一样，也关心霍兰家的年轻人，不过她的角度不同。她很快就猜到了斯莱恩夫人的心意，也乐意接受她重新燃起的兴趣，每次收到绿色的包裹，就小跑着送进来："喏，夫人，送来了！"她还满怀期待地站在一旁，等着斯莱恩夫人拆开包裹，看到剪报赫然出现在眼前。天知道，那一段段文字都琐碎无益。地铁站的寻宝游戏；舞会；宴会；有时候有一张照片，理查德穿着马裤，黛博拉打扮成苏格兰的玛丽女王参加化装舞会。琐碎无益，但是年轻，又无伤大雅。斯莱恩夫人翻阅着这些剪报，谁又能剖析她的感受呢？热努倒是欣喜若狂地双手一拍。"啊，夫人，理查德少爷可真俊呢！啊，夫人，她可真好看啊！"她说的是黛博拉。斯莱恩夫人会心一笑，她很高兴听到热努的赞美。她毕竟是个老太太了，小事就足以让她高兴。"是啊。"她看着照片上的理查德，他满身泥泞，一只胳膊下夹着银色的奖杯，另一只胳膊下夹着马鞭，"他是个仪表堂堂的年轻人——还不赖！""还不赖！"热努愤愤不平地嚷嚷，"他棒极了，像神一样；那么优雅，那么时髦。那些年轻姑娘都会为他神魂颠倒的。而且要是他继承了曾祖父的衣钵，"热努补充道，她很看重世俗的声望，"他会当上总督、首相，天知道还有什么；夫人等着瞧吧。"热努从来没有察觉斯莱恩夫人对这些东西不以为意。"不，热努，"斯莱恩夫人说，"我看不到了。"

她只会看到他们美好又傻气的青春，而且是隔着这种奇怪的距离。谢天谢地，她看不到他们长成更加傻气的成年人，甚至失去了这种轻狂、愚蠢但赏心悦目的特质后的样子。"仙女和牧羊人，走吧。"[1]她望着相中人浓密的头发，苗条而灵活的四肢，喃喃自语。"啊，热努，"她说，"年轻真好。"

那可不一定，热努明智地说，那要看年轻时候过得怎么

---

1 巴洛克时期的英国作曲家亨利·普赛尔（Henry Purcell，约1659—1695）谱曲的作品，歌词出自托马斯·沙德韦尔（Thomas Shadwell，约1642—1692）的戏剧《浪荡公子》（The Libertine，1676）。

样。如果是穷人家的第十二个孩子，被送到普瓦捷附近的农民家生活，睡在谷仓的稻草上，再也见不到父母，每天早上五点钟就要起来，无论冬夏，活儿没干好就要挨打，知道自己的兄弟姐妹长成了陌生人——那就不好了。热努跟了斯莱恩夫人快七十年了，可她从没听过这些内情。她好奇地转身望着热努："热努，你再次见到兄弟姐妹的时候，觉得很生疏吗？"

　　一点儿也不生疏，热努说，血浓于水嘛。家人就是家人。十六岁那年，她走进了巴黎的一间小公寓，仿佛她理所当然地属于那里。普瓦捷附近的农场消失了，她再也没有想起过，尽管她比谁都清楚散养的母鸡在哪里下蛋。她径直走进了兄弟姐妹们的生活，并且在那里落了脚，就好像她从没离开过。她和一个姐姐起了点儿冲突，姐姐生了一对双胞胎，而她的另一个孩子得了白喉死了没几天。热努说，大家本来打算瞒着她，可她不知怎么就猜到了，她猛地从床上跳下来，穿着睡衣跑到了墓地，扑倒在坟前。家里让热努去劝姐姐回来，她也并不觉得让她这个年纪的姑娘去做这件事有什么奇怪。事出无奈，她母亲要留在家里照顾双胞胎。不过，和家人的团聚只是短暂的插曲。她父亲已经在佣工登记处给她报了名，接着她就得知自己要横渡英吉利海峡前往英国，去伺候夫人了。

斯莱恩夫人听着这段简单而富有哲理的故事，心里有些动容。她责怪自己以前从没问过热努这些事。这么多年里，她一直把热努视为理所当然，没想到她那忠厚的胸膛里却深藏着这么丰富的经历。从睡在普瓦捷附近农场的稻草上、动辄挨打，到富丽堂皇的政府大楼和总督府，这样的转变一定很奇妙……相比之下，她曾孙们的经历显得当真肤浅；她自己的经历显得单薄而讲究，和现实完全脱节。她为自己无法实现抱负而耿耿于怀，但从来不需要劝说痛不欲生的姐姐从新坟前离开。她看着热努站在一旁从容地讲述这些辛酸的往事，不禁要想，究竟哪种痛苦更深：是现实中参差不齐的伤口，还是想象中看不见的精神挫折？

从那以后，热努就再也没有自己的生活了，斯莱恩夫人心想。她的生活就是伺候主人，自我被淹没了。斯莱恩夫人突然骂自己是个自私自利的老太婆。然而，她转念一想，她也奉献了自己的一生，奉献给了亨利。她不必为自己最后的贪恋忧郁而过分自责。

她的思绪回到了热努身上。霍兰一家取代了热努自己的家人，消耗了热努全部的骄傲、抱负和势利。她记得亨利获得贵族爵位的时候，热努是那么兴高采烈。她对每个孩子都视如己出，要不是为了忠心耿耿地保护斯莱恩夫人，她对霍兰家的孩子们绝没有一句怨言。如今热努把兴趣转移到了重孙辈身上，即便他们再也没来过家里，也毫无影响。斯莱恩夫人不肯让黛博拉和理查德上门的时候，她的一颗忠心一时碎成了两半。不过听到斯莱恩夫人解释说，年轻人太活泼，会让一个老妇人疲倦，她马上又转变了想法："当然了，夫人，年轻人真是让人疲倦。"

不过，她高兴地看到家族荣誉感恰如其分地复苏了，绿色包裹和剪贴簿就是象征。她的乡下人智慧中深深地刻着延续后代的本能。她自己没有做母亲，于是可怜巴巴地从她所崇拜的斯莱恩夫人身上获得了间接的满足。"我很高兴，"她眼泪汪汪地说，"看到夫人弄她的胶水瓶子。"有一次，她把猫咪约翰抱起来，看《闲谈者》杂志上理查德的全页照片："瞧啊，我的小宝贝，一个英俊的小伙儿。"约翰挣扎起来，不肯看。她失望地把猫放下了："真好笑，夫人。动物虽然聪明，却从来看不懂照片。"

这些天来，斯莱恩夫人很少按常理行事。不过，她倒是好奇起来，年轻一辈对她放弃菲茨乔治的财产是怎么想的？他们应该愤愤不平吧；他们会痛骂曾祖母，因为她夺走了本该留给他们的财产。他们当然不会理解她是出于浪漫的动机。尽管她不必道歉，不过也许欠他们一个解释？可她该怎么联系他们呢，尤其是现在？每次她把笔伸向墨水，自尊心就按住了她的手腕。说到底，她对他们的所作所为，凡是一个理智的人都会觉得反常极了；她先是不肯见他们，之后又断送了他们本可轻松获得大笔财富的可能。在他们看来，她就是利己主义和不近人情的化身。斯莱恩夫人苦恼不已，但她又知道自己的决定是基于信念。菲茨乔治本人不也曾经责备她违背了良心吗？突然，她灵光一闪，明白了菲茨乔治为什么用这笔财富来诱惑她：他诱惑她，就是为了让她有勇气拒绝这笔财富。他留给她的与其说是一笔财富，不如说是一个忠于自己的机会。斯莱恩夫人弯下腰，抚摸着她通常不太喜欢的猫。"约翰，"她说，"约翰——真幸运，我做了他希望的选择，虽然那时我还没有意识到他希望的是什么。"

想通了这件事之后，她很快乐，尽管她对年轻晚辈的疑虑仍让她忧心忡忡。说来奇怪，如今她为自己的决定做出了满意的解释，对晚辈却越发良心不安起来，就好像她在为自我放纵的奢侈举动而自责。也许她决定得太仓促了？也许她对孩子们不公平？也许一个人不应该因为自己的想法而要求别人做出牺牲？她完全是按照自己的想法来决定的，她必须承认，其中还夹杂着惹恼卡丽、赫伯特、查尔斯和威廉的痛快。在她看来，个人拥有这么多的财产、这么夸张的财富是不对的，因此她急着把这两样东西都处理掉，把珍宝捐给公众，把钱捐给受苦受难的穷人；道理虽然简单，却很尖刻。按照这样一个说法，她相信自己并没有做错；但换个角度来看，她难道不应该为子孙后代着想吗？这个问题太微妙，她一个人决定不了；她向巴克陀特先生倾诉了烦恼，但对方没有给她带来任何帮助，因为他不仅完全赞同她的第一直觉，而且鉴于世界末日即将来临，他认为这两种选择区别不大。"亲爱的夫人，"他说，"等你的切利尼、你的普桑[1]，还有你的子孙后代一同化作星尘，你的良心问题就没那么重要了。"这是真话，只是帮不上忙。天文学的真理尽管可以丰富想象力，对眼前的问题却没什么帮助。她仍旧苦恼地望着他，就在这一刻，她突然冒出一个念头：亨利扬起眉毛会说些什么？她于是更加苦恼了。

"黛博拉·霍兰小姐。"热努一边通报一边推开门。她开门的模样让人觉得她在模仿驻巴黎使馆的大管家。

斯莱恩夫人慌忙站起身来，丝绸和蕾丝再次轻柔地窸窣

1　普桑（Nicolas Poussin，1594—1665），法国古典主义绘画的奠基人。

作响。她织的东西掉在了地上，她弯腰去捡却没能捡起来；她脑子里一团乱，不知怎么应对和曾孙女、巴克陀特先生的这次猝不及防的见面。情况太复杂了，她一时半会儿想不出如何应付妥当。她一向不善于处理需要随机应变的情况；她想到自己刚才正和巴克陀特先生谈起自己的曾孙辈——赫伯特的孙女——一个活生生的议论对象就这么突然出现在眼前，这种情况确实非常考验随机应变的能力。"亲爱的黛博拉！"斯莱恩夫人说，她慈爱地急忙迎上去，慌乱间把织的东西掉在了地上，打算捡起来，试了一下又放弃了，最后总算在黛博拉的脸上亲了一下。

斯莱恩夫人更加困惑了，因为自从她搬出榆园花园后，黛博拉是第一个来汉普斯特德的房子看望她的年轻人。除了菲茨乔治先生、巴克陀特先生和戈谢伦先生，汉普斯特德的房子没有给别人开过门——当然了，有时候要给斯莱恩夫人自己的子女开门，虽然他们并不受欢迎，但好歹年事已高。来敲门的黛博拉是青春的化身。她模样很美，头戴一顶毛皮帽，漂亮优雅，和斯莱恩夫人在报纸社交专栏的照片中看到的姑娘一模一样。斯莱恩夫人上一次见到她还是一年前，她已经从女学生长成了年轻的女士。对于她长成年轻女士后在上流社会的活动，斯莱恩夫人掌握了充分的讯息。想到这里，她顿时想起剪贴簿就摆在桌子的台灯下面；她松开黛博拉的手，急忙把剪贴簿挪到了暗处，就好像那是一只脏茶杯。她把吸墨纸盖在了上面。总算有惊无险，出乎预料的惊险；不过这下她放心了。她走回来，把黛博拉正式介绍给巴克陀特先生。

巴克陀特先生很识趣地差不多立刻就告辞了。以斯莱恩夫人对他的了解，本来她还担心他一开口就要谈起最重要的话题，还要提到她最近这个异于常人的做法，弄得姑娘和她自己都尴尬。然而，巴克陀特先生表现得出乎意料，显得精通世故。他聊起春天要来了——伦敦街头又摆出了放花儿的推车——银莲花在水里能摆好多天，特别是要修剪花茎——乡间的一簇簇雪花莲都开了，一簇簇报春花很快也要开了——还有科芬园。但对于宇宙毁灭或是黛博拉·霍兰的曾祖母的正确决定，他只字未提。他只有一次有些失态，他向前倾了倾身子，一根手指按着鼻子说："黛博拉小姐，你有几分像斯莱恩夫人，我有幸称她是我的朋友。"幸好他没有接着说下去，他又坐了片刻，就不失时机地起身告辞了。斯莱恩夫人心里感激，看他走了又不免沮丧，因为这样一来，就只剩她独自面对一个和自己同名的年轻女子了。

她起初以为她们只会聊一些模棱两可、毫无意义的内容，还害怕不经意间的一句话会把她们拉回现实，像杰克的魔豆一样疯长，化成纠缠不清的责备；她想到了各种可能，却唯独没想到黛博拉会坐在她膝前，直接又简单地感谢她的决定。斯莱恩夫人没有回答，女孩儿把脑袋枕在她膝头，她伸手抚摸着。她深受触动，以至于不知道如何回答；她宁愿让那个年轻的声音继续说下去，想象着是自己在说话，她回到了青春岁月，哄骗自己终于找到了一个知己，可以倾诉心事。她老了，累了，她心甘情愿地迷失在美好的幻觉中。她听到的是回声吗？抑或是奇迹抹去了岁月的痕迹？难道时间倒回了从前，并且有了变化？她抚弄着黛博拉的头发，发现她留着短发，而不是发卷儿，恍惚以为是自己把最初的逃跑计划付诸实施了。莫非她真的离家出走了？莫非她真的选择了自己的事业，而不是亨利的事业？她现在是不是正坐在地板上，坐在一位值得信赖的朋友身边，诉说着她的理由、她的理想、她的信念，坚决而笃定，就像内心有一把火在燃烧？黛博拉真幸运！她心想，她是那么坚定，那么诚实，并且起码有一个人那么理解她；但她说的是哪一个黛博拉，她几乎分不清。

菲茨乔治去世之后，她曾告诉自己说，以后生活中再也不会遇到古怪而又美好的事了，这是一个愚蠢的预言。她自己的生活和曾孙女的生活意外地合二为一，就是一件古怪而又美好的事。菲茨乔治的死让她一下子老了，她这个年纪的人会突然衰老，并且令人心惊。她的头脑也许没那么清楚了，不过还不至于糊涂得察觉不到自己的弱点，于是她说："接着说吧，宝贝儿，听你说就像是我自己在说。"黛博拉年少自负，没有领会到这句话的含义，而斯莱恩夫人的确是无意间说漏了嘴。她无意向曾孙女敞开心扉；她一只手已经摸到了死亡之门的门闩，所以无意向年轻人讲述自己昔日的困境，让她徒增烦恼；此刻，她只想一心一意地做一个倾听者，做一双耳朵，这就够了，尽管她仍然可能随心所欲地回想抑或忘掉心里的秘密——要知道，斯莱恩夫人一向珍惜私密的乐趣。此刻，这种乐趣尤其私密，尽管不是那么强烈；它有些朦胧，并不强烈，她的感受更加敏锐，又模糊不清，因此她可以一心一意地感受，又不能也不必理性地思考。在垂暮之年，在成熟练达的年纪，她又回到了心绪起伏的青春岁月；她又一次变成了河边摇摆不定的芦苇，变成了奔向大海的小船，却又一次次被吹回风平浪静的河口。青春！青春！她心想；她离死亡只有一步之遥，却想象着自己再次面对着种种危险，但这一次，她会更加勇敢，她不允许自己有丝毫妥协，她会坚决而笃定。这个孩子，这个黛博拉，这个自己，这另一个自己，这个自己的写照，就是这么坚决而笃定。她的婚约是个错误，她说；她为了取悦祖父才浑浑噩噩地订了婚。（母亲不受重视，她说，祖母也一样——可怜的梅布尔！）祖父对她寄予厚望，她说；他喜欢想着她有朝一日会成为公爵夫人；但这算得了什么？她说，她自己的想法更重要，她想当音乐家。

听到黛博拉说"音乐家"，斯莱恩夫人吓了一跳，她满以为黛博拉会说"画家"。但结果大同小异，她的失望很快就消散了。女孩儿说的话也是她自己想说的。她并不反对嫁给一个和自己拿着同样的价值标尺的人。如果两个人对一码、一英寸的标准不一致，就不可能相互理解。对祖父和前未婚夫来说，财富和高贵的身份等于一码、两码、一百码，甚至一英里。但对她来说，这两样东西等于一英寸，甚至半英寸。而音乐，以及音乐所代表的一切，是无法用世上的尺度去衡量的。所以她感激曾祖母让自己在世俗市场上的价值一落千丈。"是这样的，"她风趣地说，"在一个星期里，他们都把我当成是女继承人，后来他们发现我根本不是女继承人，这时候我解除婚约就容易多了。"

"你是什么时候解除婚约的？"斯莱恩夫人问，她回想着那些剪报，上面并没有提到这件事。

"前天。"

热努送晚报进来了，她正好借机再看看黛博拉。斯莱恩夫人把绿色的小包裹塞到了编织物底下。"我不知道，"她说，"你解除了婚约。"

"我简直如释重负。"黛博拉说着，耸了耸肩膀。她说，她再也不用和那个疯狂的世界打交道了。"曾祖母，"她问，"是世界疯了，还是我疯了？或者说我属于和这个世界格格不入的那种人？我属于那些觉得另一套东西才重要的人？不管怎么样，我为什么要接受别人的想法？我自己的想法同样可能是对的——在我看来是对的。我知道有一两个人同意我的看法，但他们全是和祖父还有卡丽姑奶奶合不来的人。还有一件事——"她顿了一顿。

"接着说。"斯莱恩夫人说，这段语无伦次、茫然无措的剖白让她动容。

"嗯，"黛博拉说，"祖父和卡丽姑奶奶以及他们认可的人之间好像格外团结，就像他们一群人都被浇过水泥，凝固在一起了。可我喜欢的人好像总是散在各处，孤孤单单的——不过他们一走近就能认出彼此。他们好像察觉到了更重要的东西，比祖父和卡丽姑奶奶看重的东西还重要。我还不知道这到底是什么。如果是信仰——要是我打算去当修女而不是音乐家——我想就连祖父也会隐约地明白我的意思。不过这东西不是宗教，但好像本质上又和宗教有些类似。比如说，一个音乐和弦比祈祷更让我满足。"

"接着说。"斯莱恩夫人说。

"还有，"黛博拉说，"在我喜欢的人身上，我发现他们心里有一种坚硬又浓烈的东西，严酷，近乎残忍，像是诚实的果核。就好像他们决心不惜一切代价，忠于他们认为重要的事情。当然，"黛博拉本分地说，她想起了祖父和卡丽姑奶奶的评价，"我知道，可以这么说，他们是社会上的无用之辈。"她带着孩子般的郑重语气。

"他们自有用处。"斯莱恩夫人说，"他们是酵母。"

"我一直不知道那个字该怎么念，"黛博拉说，"是'教'还是'效'。我想你说的是对的，曾祖母。但酵母要很长时间才能起效，而且也只能在志同道合的人中间起效。"

"是啊。"斯莱恩夫人说，"但志同道合的人其实比你想象的要多。他们费尽心机掩藏自己，只有在危急关头才会露出本心。比如说，如果你死之将至——"她想说的其实是如果我死之将至，"我敢说，你会发现你祖父比你（我）想象中更懂你（我）。"

"那不过是多愁善感而已。"黛博拉坚定地说，"自然，每个人面对死亡都会错愕，祖父和卡丽姑奶奶也不例外——死亡会让他们想起宁可视而不见的那些事。我说的我喜欢的人，并不会病态地沉浸在死亡的想法中，而是从始至终都记得生命中什么东西对他们最重要。毕竟，死亡只是意外事件，生命也是意外事件。我所说的东西超越了生死，而且这好像和祖父还有卡丽姑奶奶认为我应该过的生活不能兼得。错的是我，还是他们？"

斯莱恩夫人觉察到，这是惹恼赫伯特和卡丽的最后一个机会。就让他们骂她是个坏老太婆吧！她知道自己不是这样的人。这孩子是个艺术家，必须让她自由地追求自我。大把的人可以按照世间的意愿行事，赚取并享受世间的回报，同时忍受世间的恶意，再以牙还牙；黛博拉属于一个难得一见的小群体，他们志同道合，不在乎金灿灿的诱惑，应该任他们默默无闻又一腔热忱地自由追求理想。从长远来看，古怪的混乱终将沉淀为秩序，当今天成为历史，诗人和先知[1]总比征服者更为人敬仰。基督也是他们的一员。

她无法判断黛博拉的才华，但这不是重点。有所成就固然好，但精神更宝贵。以成就论英雄，就是对世俗价值的妥

---

1 黛博拉（Deborah）在《旧约》中通常被译为底波拉，是一位女先知。

协，是背离了斯莱恩夫人及其志同道合之人所认可的严谨、客观又苛刻的标准。然而话到嘴边，却和她的想法毫无关系。她回答说："天哪，要是我没有把那笔财产捐出去，就可以让你经济独立了。"

黛博拉笑了。她想要的是建议，她说，不是钱。斯莱恩夫人很清楚，她其实也并不想要建议，她只是希望自己的决心能得到鼓励和支持。很好，既然她想要的是认可，那么就让她如愿吧。"当然你是对的，亲爱的。"她轻声说。

她们又说了一会儿话，黛博拉感到自己裹在平静和同情中，察觉曾祖母有点儿走神，好像陷入了思绪的迷宫，而黛博拉对她的心事毫无头绪。在斯莱恩夫人这个年纪，糊涂也是自然的。她一会儿像是在说她自己，随即又清醒过来，笨拙地想要打圆场，让人看了于心不忍，接着振作精神热切地说起女孩儿的未来，而不是遥远的过去某个错误的选择。黛博拉一派心旷神怡，根本顾不上多想那是什么选择。和老妇人的这一刻相聚像音乐一样抚慰着她，像傍晚时分轻轻拨动的琴弦，此时暮色四合，飞蛾在敞开的窗子外乱飞乱撞。她倚在老妇人膝头，像倚着一个支撑、一个后盾，温暖、昏暗还有轻柔和谐的乐声淹没了她，包裹着她。喧闹退去了，嘈杂静止了；她的祖父和卡丽姑奶奶失去了棱角分明的威严，缩成了胡乱比画的小木偶，面孔像羊皮纸一样苍白，手傻乎乎地摆来摆去；其他的价值腾空而起，像大天使一般占据着房间，昂然耸立，展开了翅膀。黛博拉的脑海中浮现出一些莫名的画面，她想起曾经看见一个身着白裙的年轻女子牵着一只白色的波索尔犬穿过南方港口的黑夜。这次和曾祖母身体和心灵的接触——在年纪上相隔那么遥远，在精神上又是那么亲近——让她褪去遮盖，露出自己短暂的人生经历中珍藏的那一小笔宝藏。她发觉自己在想，日后能不能充分地重现这一刻的魔力，将它变成音乐的语言。她渴望将一段经历谱成音乐，甚至超越了她对曾祖母本人的关心；这样的自我主义，她知道曾祖母既不会反感也不会误解。促使她来见曾祖母的冲动是正确的冲动，弥漫四周的音乐就是证明。远远地传来了钢琴的和弦，这些和弦在她祖父和卡丽姑奶奶生活的世界里没有意义，也不存在；但在她曾祖母的世界里则重要且宝贵。她不能打扰曾祖母了，黛博拉想，她突然意识到那个苍老的声音已经不再絮絮诉说，那一刻的魔咒失灵了。曾祖母睡着了。她的下巴垂下来，抵着胸口的蕾丝，那双可爱的手安详地松开着。黛博拉静悄悄地站起身，静悄悄地出了屋子，小心翼翼地关上门，她想象中的和弦渐渐消失了。

一小时之后，热努端着托盘进来，正要宣布"夫人该用餐了"，却突然改口，惊呼一声："上帝啊——发生了什么——夫人走了。"

"这是意料之中的事。"卡丽说着擦了擦眼泪，父亲去世的时候她并没有眼泪，"这是意料之中的事，巴克陀特先生。但我们都大受打击。可怜的母亲是个非同一般的女人，你也知道——当然了，我想你未必知道，她毕竟只是你的房客。今天早上，《泰晤士报》有个记者说她是'世所罕见的人物'。我自己也总是这么说：世所罕见的人物。"卡丽忘了自己还说过很多别的话。"有时候有点儿难相处。"她又补充了一句，因为她突然想到了菲茨乔治的财产，心里一阵愤恨，"相当地不切实际，不过不只有实际的东西才有意义，是吧，巴克陀特先生？"《泰晤士报》也是这句话。"我可怜的母亲天性美好。我不能说我总是效仿她的一些做法。她的动机有时候有点儿难以捉摸。异想天开，你知道的，而且——不如这么说吧——缺乏判断力。还有，她固执起来也很厉害。她有时候不听劝告，这很叫人遗憾，因为她是那么不切实际的人。要是她愿意听从我们的意见，我们现在的处境就大不一样了。不过，牛奶洒了，哭也没有用，是吧？"卡丽说着，冲巴克陀特先生露出一个故作坚强的微笑。

巴克陀特先生一声不响。他不喜欢卡丽。他纳闷像他的老朋友那么敏感、那么诚实的人，怎么会有一个这么冷酷、这么虚伪的女儿。他下定决心，绝不会从言谈举止上让卡丽发现，失去斯莱恩夫人让他多么伤心。

"楼下有个人可以量棺材尺寸，如果你需要的话。"他说。

卡丽瞪大了眼睛。看来他们对巴克陀特先生的看法没错：他是个无情无义的老头子，不懂礼貌，对可怜的母亲连一句场面话都懒得说。卡丽自己好歹还复述了那句"世所罕见"的话，算得上大度了。说真的，总的来说，一想起母亲对一家人的戏弄，她自认对母亲的那一小段祭文已经是非常大度的赞美了。她说出这番话的时候觉得理直气壮，并且按照她那套规矩，巴克陀特先生理应客气几句。毫无疑问，他本指望自己能从中捞点儿甜头，所以为计划落空而耿耿于怀。一想到这个老骗子如何狼狈，卡丽不禁大感欣慰。巴克陀特先生就是那种人，总想哄骗毫无戒心的老太太。如今呢，他一心报复，所以不惜安排人来做棺材。

"我哥哥斯莱恩勋爵马上就到，一切都听他安排。"她傲慢地回答。

但是戈谢伦先生已经到了门口。他进门时碰了碰礼帽，至于是冲着床上寂然无声的斯莱恩夫人，还是冲着站在床边的卡丽，就值得怀疑了。兼做殡仪员的戈谢伦先生对死亡早已习以为常；不过，他对斯莱恩夫人的感情远远超过了一个普通的主顾。他决定贡献自己最珍贵的木料做她的棺材盖，以此来表达个人的情感。

"夫人的遗容真是美好。"他对巴克陀特先生说。

两个人都没有理会卡丽。

"一个人活着美好，死后也美好，我总是这么说。"戈谢伦先生又说，"说来奇怪，死亡会展现另一种美。这是我爷爷跟我说的，他也是做这一行的，五十年来，我一直在观察，想看看他说的对不对。他常常说：'活着的时候美，可能是因为穿得好之类的，但死后的美全靠品格。'喏，你看看夫人吧，巴克陀特先生。这话是真的还是假的？实话告诉你吧，"他推心置腹地补充说，"要是我想打量一个人，我就看着他们，然后想象他们死后是什么样。这么一来总能看出他们的真面目，尤其是当他们不知道你在做什么的时候。我第一次看到夫人的时候，我就说，对，就是她这样；现在我看到的她就是我当时猜想的那样，我还是这么说。不管怎么说，她从来不完全属于这个世界。"

"是啊，她就是这样。"巴克陀特先生说，现在戈谢伦先生来了，他也愿意说起斯莱恩夫人了，"而且她也从来不肯向这个世界妥协。她得到了世上最好的东西——全都是她不想要的。她想的是野地里的百合花 [1]，戈谢伦先生。"

"她的确是这样，巴克陀特先生，我把《圣经》里的许多句子都用在了夫人身上。但是人们能接受《圣经》里的东西，到了日常生活中反而接受不了。他们在自己家里见到的时候领会不到，但听到牧师在讲台上读经又会装作一脸虔诚。"

老天，卡丽心想，这两个老家伙能不能别再像古希腊歌队一样，对着母亲说个没完？她来汉普斯特德之前已经整理好了心情：她要大度，她要宽容——一些感情也确实是发自内心的——但现在她的沉着分崩离析，怒气和怨气逐渐沸腾。这个中介和这个殡仪员，说起话来一派旁若无人、满腹哲理的样子，他们怎么可能了解她母亲？

"也许，"她气呼呼地说，"我母亲的悼词最好留给她的

---

1 出自《新约·马太福音》第六章："何必为衣裳忧虑呢？你们想一想野地里的百合花是怎么长起来的：它也不劳动也不纺线。然而我告诉你们，就是所罗门极荣华的时候，他所穿戴的还不如这些花中的一朵呢！"

亲人来宣读吧。"

巴克陀特先生和戈谢伦先生一齐严肃地转身望着她。她蓦地觉得他们是旁观的角色；滑稽固然是滑稽，但又是正义的化身。他们的目光揭开了她道貌岸然的面具。她感觉两人在评判自己，戈谢伦先生正按照他那套习惯和标准，想象着她的遗容，他眯起眼睛，好看得清楚些，他让她躺在灵床上，审视着她，而她再也无力招架。那句"世所罕见"烧成了灰烬。巴克陀特先生和戈谢伦先生跟她母亲是一伙的，在这样的联盟面前，什么话都掩盖不了真相。

"在死者面前，"她躲进了最后的成规里，对戈谢伦先生发难，"你起码该摘掉帽子。"

译后记

　　《一切愁云消散》是薇塔·萨克维尔 - 韦斯特长篇小说中的杰作，小说结构工整，语言简洁、富有诗意，书中对女性境遇与选择的思考，相信至今仍然会引起共鸣。薇塔的作品目前在国内译介不多，冰心在短篇小说《我的房东》（1943 年）中提到了这本小说，并将书名译为《七情俱净》。希望新译本能成为了解薇塔的一把钥匙，因此在注释中补充了相关的作者经历，内容主要摘自书信、日记及游记，未标明出处的则出自传记中的记录。在此也要感谢我的编辑周娇的鼓励和信任，这也是这篇译后记的由来。

　　薇塔，人如其名，是一个生命力丰沛的女人（Vita 在意大利语中意为生命）。她传奇般的一生并不亚于充满童话色彩的奥兰多，因为她是真实的。薇塔出生在拥有 500 年历史和 365 个房间的诺尔庄园，自幼热爱文学，用法语写长诗和剧本，用意大利语写日记，是畅销小说家；她像电视剧中的女主角一样女扮男装，甚至带着恋人私奔；她游历过许多国家（尽管大部分是英国殖民地），包括在波斯山脉间徒步，受邀到美国各州演讲；晚年则"守拙归园田"，隐居西辛赫斯特侍弄花草。

值得一提的是，薇塔和作家凌叔华曾因花结缘，这也算是她同中国的一段联系了。1947年，薇塔开始为《观察者》（*Observer*）撰写一系列散文《你的花园》（*In Your Garden*），此时定居英国的凌叔华读到其中提到的中国植物，于是写信联系了薇塔。薇塔邀请凌叔华到西辛赫斯特参观花园，并问及她有没有英文作品，这才得知凌叔华曾就此事和伍尔夫通信，于是鼓励她完成小说。薇塔还帮忙联系，替她找到了当年寄给伍尔夫的手稿。最终这本题为 *Ancient Melodies*（《古韵》）的自传体小说于1953年由霍加斯出版社出版，并由薇塔作序。这段逸事在美国学者帕特丽夏·劳伦斯（Patricia Laurence）的著作《丽莉·布瑞斯珂的中国眼睛》（*Lily Briscore's Chinese Eyes*）中有较为详细的考据。

凌叔华形容薇塔"聪明美丽，容易相处，善良亲切"。伍尔夫对薇塔的评语包括为人纯粹、真诚、谦逊、大度、不虚荣、不做作、没有一丝恶意；下笔轻松自如，一口气能写十五页。"她的成熟和丰满……她的能力，我指的是能在任何场合发言，能代表她的国家，能去参观查茨沃斯庄园，掌管银器、仆人、松狮狗；她的母性（不过她对她儿子有点儿冷淡敷衍），总之她是一个真正的女人。"（1925 年 12 月 21 日，伍尔夫日记）不难发现，薇塔性格独立，在生活和事业上坚持自己的追求，在文学创作上兴趣广泛、不拘一格，这正是她的魅力所在。

"她在七橡树镇的店铺里散发出蜡烛般的光芒，迈着山毛榉般的两条腿昂首阔步，泛着粉色，捧着葡萄，缀着珍珠。"伍尔夫在 1925 年的日记中写道。她对这样的薇塔念念不忘，多年后还频频在信中提起。"你穿着粉上衣，戴着珍珠项链。天哪，我记得可真清楚。"（1933 年）"就因为你选择坐在肯特郡的泥地里，而我选择坐在伦敦的旗子上，这不是爱消逝的理由，对吧？珍珠和鼠海豚为什么要消失？"（1937 年）"我们不是非要讨论我的散文或是你的诗，因为我们相互喜欢还有别的理由。比如鱼铺子里的鼠海豚和珍珠。"（1938 年）也许在薇塔的文字或是花园里，你也可以捕捉到她戴着珍珠，如烛光般闪耀的一刻。

王林园

2024 年 8 月

附录一：作者简介

薇塔于 1892 年出生于英格兰肯特郡塞文奥克斯镇（"七橡树"）诺尔庄园。其父母为堂姐弟，父亲是萨克维尔男爵三世，母亲是莱昂内尔·萨克维尔 - 韦斯特[1]同西班牙舞蹈家佩皮塔[2]的私生女。

诺尔庄园是薇塔一生的挚爱，是她许多作品的灵感源泉，同时也给她带来了巨大的痛苦，因为在父亲去世后，作为女儿的

上图：童年时期的薇塔

1　即萨克维尔男爵二世。由于没有合法子嗣，死后其遗产和头衔由侄子继承。

2　佩皮塔·奥尔特加（Pepita Ortega，原名 Josefa Durán，1830—1871），西班牙著名舞蹈家，薇塔著有传记《佩皮塔》（*Pepita*，*1937*）。

薇塔没有继承权。

薇塔在家中接受教育，仅有三年就读于伦敦的一所学校，并因此结识了维奥莱特·凯佩尔（婚后改姓特里富西斯，两人于 1918 年至 1921 年间陷入了一段轰轰烈烈的恋情）。

1910 年，薇塔结识了年轻的外交官哈罗德·尼科尔森，两人于三年后结婚。1915 年，两人在距离诺尔庄园两英里的地方买下一座别墅[1]，并规划了他们的第一个花园；三年后，薇塔出版了第一部小说《继承》（*Heritage*）。她是一位杰出的长篇小说家、诗人、短篇小说家、传记作家、游记作家、评论家、历史学家、园艺家，著有小说《爱德华时代群像》（*The Edwardians*，1930）、《一切愁云消散》（*All Passion Spent*，1931）等；长诗《大地》（*The Land*，1926）、《花园》（*The Garden*，1946）分别获霍桑登奖（Hawthornden Prize）及海涅曼奖（Heinemann Prize）。

1922 年 12 月 14 日，薇塔在一次晚宴上结识了弗吉尼亚·伍尔夫，并迅速与其建立了亲密无间、影响深远的友谊，两位女性的创作生涯也在她们相处的这段时间中达到了

1　即朗恩谷仓（Long Barn）。

右图：1926 年的薇塔

右图：1934 年薇塔在
伍尔夫家中

高峰。

为了在经济上帮助伍尔夫夫妇，薇塔作为当时更有影响力的诗人和小说家，选择了经济困难的霍加斯出版社（Hogarth Press）作为她的出版商，霍加斯出版社的盈利一定程度上也为伍尔夫的创作提供了经济保障。1928 年，弗吉尼亚·伍尔夫向薇塔献上了她的长篇小说《奥兰多》。

1930 年，哈罗德和薇塔买下肯特郡的西辛赫斯特城堡，并设计了著名的花园。薇塔是英国皇家文学学会会员，1948 年获得荣誉勋爵封号。1962 年，她因身体不适接受了手术，不久后在西辛赫斯特去世，享年 70 岁。

附录二：重要作品年表

诗歌

《君士坦丁堡》(*Constantinople*，1915)

《西方与东方之诗》(*Poems of West & East*，1917)

《果园与葡萄园》(*Orchard and Vineyard*，1921)

《大地》(*The Land*，1926)

《国王的女儿》(*King's Daughter*，1929)

《西辛赫斯特》(*Sissinghurst*，1931)

《孤独》(*Solitude*，1938)

《花园》(*The Garden*，1946)

小说

《继承》(*Heritage*，1919)

《龙居浅水》(*The Dragon in Shallow Waters*，1920)

《挑战》(*Challenge*，1920)

《厄瓜多尔的诱惑者》(*Seducers in Ecuador*，1924)

《爱德华时代群像》(*The Edwardians*，1930)

《一切愁云消散》(*All Passion Spent*，1931)

《家史》(*Family History*，1932)

《黑暗岛》(*The Dark Island*，1934)

《大峡谷》(*Grand Canyon*，1942)

《海上无航标》(*No Signposts in the Sea*，1961)

传记及历史

《诺尔和萨克维尔》(*Knole and the Sackvilles*，1922)

《阿芙拉·贝恩：无与伦比的阿斯忒瑞亚》(*Aphra Behn: the Incomparable Astrea*，1927)

《安德鲁·马维尔》(*Andrew Marvell*，1929)

《圣女贞德》(*Saint Joan of Arc*，1936)

《佩皮塔》(*Pepita*，1937)

《英国乡间别墅》(*English Country Houses*，1941)

《鹰与鸽，对比研究：亚维拉的圣女大德兰和里修的圣女小德兰》(*The Eagle and the Dove, a Study in Contrasts: St. Teresa of Avila and St. Thérèse of Lisieux*，1943)

《法国的女儿：蒙庞西耶女公爵安妮·玛丽·路易丝·德·奥尔良的生平》(*Daughter of France: The Life of Anne Marie Louise d' Orléans, Duchesse de Montpensier*，1959)

《婚姻的肖像》(*Portrait of a Marriage*，1973)

游记及随笔

《德黑兰过客》(*Passenger to Teheran*，1926)

《波斯十二日》(*Twelve Days: An Account of a Journey Across the Bakhtiari Mountains of South-western Persia*，1928)

《乡间笔记》(*Country Notes*，1939)

《战火中的乡间笔记》(*Country Notes in Wartime*，1940)

《你的花园》系列(*In Your Garden, In Your Garden Again, More for Your Garden, Even More for Your Garden*，1951—1958)

《脸孔：犬种档案》(*Faces: Profiles of Dogs*，1961)

翻译

《杜伊诺哀歌》(与爱德华·萨克维尔-韦斯特合译，1931)

一切愁云消散

作者 _ 〔英〕薇塔·萨克维尔 - 韦斯特　译者 _ 王林园

编辑 _ 周娇　装帧设计 _ @broussaille 私制　主管 _ 李佳婕
技术编辑 _ 顾逸飞　责任印制 _ 杨景依　产品总监 _ 许文婷

营销团队 _ 王维思　谢蕴琦　物料设计 _ 李琳依

果麦
www.goldmye.com

以 微 小 的 力 量 推 动 文 明

图书在版编目（CIP）数据

一切愁云消散 ／（英）薇塔·萨克维尔－韦斯特著；
王林园译. -- 杭州：浙江文艺出版社，2025.5（2025.7重印）.
ISBN 978-7-5339-7962-1

Ⅰ. Ⅰ561.45

中国国家版本馆 CIP 数据核字第 20253MB451 号

一切愁云消散

[英]薇塔·萨克维尔－韦斯特　著

王林园　译

责任编辑　余文军
装帧设计　@broussaille 私制

出版发行　浙江文艺出版社
地　　址　杭州市环城北路 177 号 15 楼　　邮编 310006
经　　销　浙江省新华书店集团有限公司
　　　　　果麦文化传媒股份有限公司
印　　刷　天津丰富彩艺印刷有限公司
开　　本　770 毫米 ×1092 毫米　　1/32
字　　数　125 千字
印　　张　7.5
印　　数　11,001—16,000
版　　次　2025 年 5 月第 1 版
印　　次　2025 年 7 月第 2 次印刷
书　　号　ISBN 978-7-5339-7962-1
定　　价　45.00 元